MARI MÄRZ

PSYCHO-PAT

Die Vergangenheit ist noch nicht fertig mit dir …

PSYCHO-PAT

1. Auflage
(Deutsche Erstausgabe)

Lektorat: Valeska Réon
Korrektorat: Silvia Vogt

MARI MÄRZ

ISBN: 978-3-95957-067-1

kontakt@mari-märz.de
www.mari-märz.de
facebook.com/marimaerz
twitter.com/mari_maerz
instagram.com/mari_maerz

ZUR AUTORIN

Mari März wurde 1972 in Berlin geboren. Heute lebt und arbeitet sie als Lektorin, Ghostwriterin und Schriftstellerin am grünen Stadtrand der Metropole.

Es ist der spannende Mix aus Hass, Gier, Verzweiflung, Liebe und Freundschaft, der ihre außergewöhnlichen Geschichten so lesenswert macht. Mit ihren Ideen und Gedanken möchte Mari März begeistern, zum Nachdenken anregen, sensibilisieren oder einfach nur unterhalten. Sie liebt die Natur und das Reisen. Das Recht auf Freiheit und Selbstbestimmung ist für sie das höchste Gut.

Mehr über die Autorin auf: www.mari-märz.de

Bisherige Veröffentlichungen

KLIPP KLAPP ... und du bist tot! (REDRUM BOOKS)
ROSE VON BITTERFELD (REDRUM BOOKS)
TRUE DEATH (REDRUM BOOKS)
#1 MONDZAUBER (NEOBOOKS)

Geplante Veröffentlichungen

#2 MONDZAUBER (NEOBOOKS)
DIARY OF LOST – Tagebuch einer Übriggebliebenen
SUMM SUMM ... warum warst du stumm? (REDRUM BOOKS)

Mehr Infos auf: www.mari-märz.de

ZUM BUCH

Patrizia Fischer war ein erfolgreiches Model.
Glanz und Gloria.
Aber das ist vorbei.
Endgültig.
Sie will nur noch weg.
Aus einem Leben, das sie hasst.
Schon immer.

In einem Ferienhaus in Dänemark soll sie sich erholen, zu sich selbst finden, Pläne schmieden. Doch dann trifft sie auf Patrick. Seine blauen Augen wecken Erinnerungen, die Pats bipolare Welt komplett auf den Kopf stellen ...

PSYCHO-PAT

Die Vergangenheit ist noch nicht fertig mit dir ...

Dies ist ein fiktiver Roman. Handlungen und Personen sind frei erfunden. Etwaige Ähnlichkeiten mit lebenden oder verstorbenen Personen sind rein zufällig und nicht beabsichtigt. Markennamen sowie Warenzeichen werden in diesem Buch in einem ausschließlich fiktiven Zusammenhang verwendet.

Dieses Buch enthält explizite Sexszenen, weshalb es für jüngere Leser nicht geeignet ist.

Es muss das Herz bei jedem Lebensrufe
Bereit zum Abschied sein und Neubeginne,
Um sich in Tapferkeit und ohne Trauern
In andre, neue Bindungen zu geben.
Und jedem Anfang wohnt ein Zauber inne,
Der uns beschützt und der uns hilft, zu leben.

Hermann Hesse

PROLOG

Patrizia Fischer wollte immer ein ganz normales Mädchen sein. Sie träumt von der großen Liebe, einem gemütlichen Zuhause, einer eigenen Familie, Frieden …

Doch Pat ist nicht normal. Weder heute noch damals. Sie war ein unartiges Kind, ein labiler Teenager, ein nervöser Geist. Ihr Leben besteht aus Superlativen zwischen grellem Blitzlichtgewitter und den düsteren Schatten ihrer Vergangenheit. Immer wieder sucht Pat in den Armen eines Mannes nach Geborgenheit, doch alles, was sie findet, ist Selbsthass, für den es scheinbar keine Ursache gibt. Seit sie denken kann, wird ihr Alltag von Therapien, Medikamenten und zahlreich diagnostizierten Persönlichkeitsstörungen bestimmt. Doch was bedeutet es, emotional instabil, ausgeprägt promiskuitiv oder gar bipolar affektiv zu sein? Wird Pat Frieden finden zwischen Angst und Verdrängung? Ist da jemand, der diese einsame Seele so liebt, wie sie es nicht vermag?

Gibt es Hoffnung für einen Menschen,
der vergessen hat, wer er ist?

PATRIZIA

»Hör auf damit, Pat.«

»Nenn mich nicht so!«

Sie hasste es, wenn er sie Pat nannte. Dabei war es eigentlich eine legitime Abkürzung für Patrizia. Aber letztlich hasste sie auch diesen Namen. Genau wie ihr Leben.

Schon als Teenager hatte sie versucht, ihm ein Ende zu setzen. Diesem Leben.

Mit elf war sie das erste Mal bei Doktor Müller gewesen. Er hatte ihr diverse Pillen verschrieben, Therapien durchgeführt, zahlreiche Diagnosen gestellt, die von ADHS bis BPS reichten. Als Pat zwölf war, attestierte der Kinderpsychologe zu den hyperkinetischen und emotional instabilen Persönlichkeitsstörungen auch noch eine ausgeprägte Promiskuität, später hieß es, sie sei manisch-depressiv. Doch was nützten all die Bezeichnungen? Zufrieden war niemand mit diesen Diagnosen. Am wenigsten ihre Eltern. Auch wenn eine solche bipolare Störung keine klassische

Erbkrankheit ist, spielen genetische Faktoren eine große Rolle. Aber in der Familie war keiner geisteskrank. Nein! So etwas kam bei den Fischers nicht vor. Alles in allem war ihre Familie nämlich überdurchschnittlich perfekt.

»Hallo, jemand zu Hause?«, mischte sich Alex in ihre Gedanken.

»Hm.«

»Hör auf damit!«

»Was willst du denn?«

»Hör auf, an deinen Nägeln zu kauen. PAT!«

»Hör du auf, mich zu bevormunden. ALEX!«

Beide lachten.

Pat und ihr Bruder waren Zwillinge. Sie verstanden sich auf eine Weise, wie es nur Menschen möglich ist, die sich einen Genpool, einen Uterus und letztlich dieselben Eltern teilen. Sie waren in einer perfekten Welt aufgewachsen oder vielmehr in der Illusion einer perfekten Welt. Obwohl sie sowohl äußerlich als auch charakterlich sehr verschieden waren, glichen sich die beiden doch in einem entscheidenden Punkt: Sie waren anders. Anders, als ihre Familie es sich vorgestellt hatte.

Pat war durchgeknallt. Alex war schwul.

Nun, wer bekommt schon das, was er sich vom Leben erhofft?

Ihre Eltern jedenfalls nicht. Insbesondere ihre Mutter, die wahrscheinlich schon am Tag von Pats und Alex' Geburt genau wusste, was aus ihren Kindern werden sollte. Aus diesem perfekten Zwillingspaar – gezeugt in einer Petrischale. Steril, sortiert und bis ins kleinste Detail vorprogrammiert wie bei einem Computer.

Aber die menschliche Seele besteht nun mal nicht aus festen Algorithmen. Und genau deshalb verband Pat und Alex etwas, das noch stärker war als die Verbundenheit zwischen Zwillingen oder eine durchschnittliche Geschwisterliebe. Sie hatten sich gegen Konventionen, Vorurteile und insbesondere gegen die akkuraten Vorstellungen ihrer Eltern aufgelehnt und später sogar durchgesetzt.

Aus Pat war keine Ärztin, keine Anwältin und keine Mutter Teresa geworden, sondern … nun … irgendwie das konkrete Gegenteil: eine Frau, die mit ihrem Körper Geld verdiente.

Zumindest bis vor ein paar Wochen.

»Wie lief die Pressekonferenz?«

»Scheiße.«

»Patty, geht es vielleicht etwas präziser?«

»Im Prinzip sagt das Wort ›Scheiße‹ alles aus. Ich bin raus. Die Fotos aus dem Hotelzimmer sind das eine. Im Zweifel hätte Rick das sogar noch vermarkten können. Die Menschen wollen Blut und Sperma, das macht sie geil. Diese verfluchten Voyeure!«

»Ja, und? Wo liegt also das Problem?«

»Dass mich keine Sau mehr buchen wird – mit einer fetten Narbe am Bauch. Ich bin kaputt, Alex. Barbie ist beschädigt. Kapiert?«

»Hm ... Aber du bist doch kein Nackt-Model. Du könntest doch immer noch ...«

»Alex! Ich habe auch noch die Narbe an der Hand und gelte als psychisch instabil. Die Mädels stehen Schlange da draußen! Vielleicht reicht es noch für Versandhausmode, aber du kennst mich: entweder ganz oder gar nicht.«

»Ja, ich weiß. Glanz und Gloria.«

»Ach, scheiß auf Glanz und Gloria! Das ist Geschichte.«

»Aber irgendwas musst du doch ...«

»Alex, bitte! Wir sind auf dem Weg ins Nirgendwo, weil ich eben keine Ahnung habe, was ich mit mir anstellen soll. Ich hocke in einem fetten Loch und habe keine Ahnung, wie ich da rauskommen soll. Also verschone mich mit klugen Ratschlägen. Dafür ist Mama da.«

Alex schwieg.

Nicht zum ersten Mal führten sie eine Diskussion wie diese. Der Anlass war zwar noch nie so exzellent dramatisch gewesen wie dieses Mal, aber grundsätzlich schwebte Pat seit Kindertagen in einer Art Nirwana. Schon früh wusste sie, dass etwas mit ihr nicht stimmte, dass sie eben anders war. Einen Grund dafür hatte sie bis heute nicht gefunden.

Patrizia Fischer war weder von ihrem Vater missbraucht worden noch hatte ihre Mutter sie zu sehr behütet. Nein, all das war nicht geschehen. Jedenfalls soweit Pat wusste. Und das war nicht unbedingt einfach. Denn Pat war eine Meisterin der Verdrängung. Die Erinnerungen an ihre Kindheit hatte sie so gut versteckt, dass sie nicht mehr wusste, wo sie war.

Ihre Vergangenheit.

Ihr Ich.

Ihr Zuhause.

Und das war eigentlich auch ganz gut so. In ihrem Job zählte schließlich nur das Hier und Jetzt.

»Können wir vor der Grenze anhalten und was essen?«

Alex sah sie irritiert an.

»Wie, du willst etwas essen? Freiwillig?!«

»Ja. Ich will Fastfood. Fettige Pommes, einen matschigen Burger und richtige Cola.«

Er runzelte die Stirn. Pat grinste.

»Die Welt kann mich mal, richtig? Ich mache Urlaub vom Ich. Meine Karriere ist im Arsch. Also will ich jetzt verflucht noch mal Kohlenhydrate, und zwar jede Menge davon.«

»Okay. Hinter Flensburg ist der Scandinavian Park. Dort gibt es Fastfood.«

»Klingt super.«

»Für dich vielleicht. Ich bin gerade auf Diät, Fräulein! Chris hat mich überredet, mit ihm eine sechswöchige Rohkostkur zu machen.«

Pat schaute skeptisch über die dunklen Gläser ihrer Sonnenbrille. Dann gackerte sie los.

»Chris hat dich überredet, soso. Brüderchen, ich kenne dich. Du bist ein Gourmet, kein Häschen.«

Alex seufzte. Mehr nicht.

Pat kannte ihren Bruder nur zu gut. Er liebte Schokolade, Steak und Sex. Mit seiner derzeitigen großen Liebe konnte er maximal den Sex teilen. Chris war ein Gesundheits-Nazi, ein Food-Faschist, wie Pat jene orthodoxen Menschen nannte, die ihren ultrafesten Glauben an Detoxing, Clean Eating und Raw Food nachdrücklich und kompromisslos allen armen Seelen in ihrem Umfeld überstülpten. Für Leute wie Chris war raffinierter Zucker böse, todbringender als Arsen, toxischer als Uran. Aber Alex liebte ihn. Das war die Hauptsache. Auch wenn sich Pats Bruder alle paar Monate neu verliebte und jedes Mal schwor, dass es dieses Mal ganz bestimmt *Mister Perfect* war.

Pat fand das immer wieder amüsant, zumindest am Anfang, wenn Alex die sprichwörtlichen Schmetterlinge im Bauch hatte und jeden Blödsinn mitmachte, den sein neuer Lover ihm auftischte, selbst wenn es sich um radikale Rohkost und wöchentliche Darmspülungen handelte.

»Nimm es mir nicht krumm, Alex. Aber du schwebst jedes Mal zwischen himmelhochjauchzend und zu Tode betrübt. Wie lange kennst du Chris jetzt?«

»Drei Wochen.«

Ihr Bruder starrte geradeaus auf den tristen Asphalt der A7. Auch dieses Gespräch führten sie nicht zum ersten Mal. Letztlich wollte Pat ihren Bruder genauso beschützen, wie es umgekehrt der Fall war. Schon immer.

»Und der Lack ist schon ab.«

»Was, warum denn?«

»Weil du dich schon wieder verbiegst, Alex! Weil du schon wieder genau das machst, was andere von dir erwarten. Immer hübsch brav sein. Warum?«

»Weil nicht jeder so stark ist wie du, Pat.«

»Was? Ich bin alles andere als stark. Ich lasse mir nur nicht mehr vorschreiben, wie ich zu leben habe.«

»Ach, nein? Wie viele Jahre hast du täglich auf der Waage gestanden und dein Gewicht in Gramm gemessen?«

Chapeau! Sie waren sich eben doch ähnlicher, als Pat manchmal lieb war. Zwillinge eben.

»Sind wir bald da?«, wollte sie das Thema wechseln. Das tat sie immer, wenn es um ihre Schwächen ging. Natürlich! Wer tat das nicht?

»Ach, jetzt auf einmal. Sobald es um dich geht, blockst du ab. Typisch! Aber weißt du was? Ich liebe Chris und er liebt mich. Genauso wie ich bin. Es geht bei der Fastenkur nicht ums Abnehmen, obwohl das ein willkommener Nebeneffekt ist. Schließlich wird nicht jeder vom Nägelkauen satt wie du.«

Pat nahm den Finger aus dem Mund. Das Nägelkauen war tatsächlich eine ihrer schlimmen Angewohnheiten. Neben den Drogen, dem Alkohol und ihren zahlreichen Affären. Erst gestern hatte sie fantastischen Sex gehabt. Schnell, heiß und anonym. Wie immer. Das war ihr Fastfood-Ersatz in den vergangenen zehn Jahren gewesen. Wenn der Hunger kaum noch auszuhalten war, hatte sie sich einen Kerl geschnappt. So wie letzte

Nacht. Ein billiger Fick in der Toilette einer Bar. Nach ein paar Drinks hatte sie den Typen einfach angesprochen. Der Ehering an seinem Finger war ihr egal. Die meisten Männer sind Hurensöhne und niemand zwang sie, ihre Frauen zu betrügen. Auch dieser attraktive Mittdreißiger hatte keine Überredungskünste gebraucht. Sie hatte sich einfach neben ihn an die Bar gestellt, ihre langen Haare über die nackten Schultern gestrichen und ihm einen tiefen Einblick in ihr Dekolleté geschenkt. Dann musste sie ihm nur noch ein paar Komplimente machen, sich lasziv über die Lippen lecken, kokett lächeln, theatralisch die Augenlider senken und ihn rein zufällig berühren. Einmal. Zweimal. Als die dritte Berührung von ihm ausging, wusste sie, dass sie den Typen in der Tasche hatte. Ihre Finger waren über seinen Schenkel geglitten, ihr Mund dicht an seinem Ohr. Dann bedurfte es genau zweier Worte und sie hatte, was sie wollte.

Fick mich!

Und das hatte er getan. Schnell, heiß und anonym. Er roch gut. Er küsste fantastisch. Er brachte Pat zum Orgasmus. Stehend auf dem Herrenklo.

Ihr Körper brauchte das.

Ihr Ego brauchte das.

Gewollt zu werden, war wie eine Sucht. Pat fühlte sich großartig in den starken Armen eines Mannes. Wenn sie ihn keuchen hörte, wenn er ihre Brüste massierte, sie leckte … fickte … füllte … sie von ihrer Leere befreite – zumindest für den Augenblick.

Ihr Hunger war dann gestillt, ihre Lust befriedigt. Manchmal konnte sie im Anschluss sogar tief und fest schlafen. Eine Seltenheit.

Schon immer.

»Wir sind da.«

Pat schrak zusammen. Der Tagtraum verflüchtigte sich und mit ihm die Erinnerungen an den Sex mit einem Mann, dessen Namen sie nicht kannte.

Während Alex eine Nachricht an seinen Liebsten tippte, schaute Pat durch das Beifahrerfenster auf einen weißen VW Polo, auf dessen Heck in leuchtend roten Buchstaben ›Just Married‹ stand.

Gedankenverloren betrachtete sie die Frau, welche gerade aus dem Auto stieg. Sie war klein und viel zu dick für das schulterfreie Hochzeitskleid, und doch strahlte sie eine Schönheit aus, die Pat nur beneiden konnte. Ein junger Mann in einem schlechtsitzenden Anzug gesellte sich zu der Braut, strich ihr zärtlich eine Strähne aus dem Gesicht und küsste sie. In diesem Kuss steckte so viel Hingabe und Liebe, wie Pat sie noch nie erfahren hatte.

Sie lachte über die naive Hoffnung ihres Bruders auf die große, unerschütterliche Liebe, aber insgeheim hoffte sie doch genauso, dass es irgendwo dort draußen einen Menschen gab, der ihr die Angst und die Einsamkeit nahm, sie liebte und auf gewisse Weise vervollständigte.

»Was ist jetzt, Miss Fastfood-Queen? Hast du keinen Hunger mehr?«

Und ob sie den hatte.

Ein warmes Lächeln umspielte ihre Lippen, als Pat die Kapuze ihres Sweatshirts über den Kopf zog und die Sonnenbrille zurechtrückte.

»Meinst du, hier gibt es Paparazzi?« Alex knallte die Tür seines Wagens zu und schaute sie fragend an. Er konnte manchmal so ein Tollpatsch sein.

»Wenn du noch lauter brüllst, erübrigt sich deine Frage.«

»Was denn, wieso …?«

»Alex, die sind wie Schmeißfliegen. Die Pressekonferenz war schon ein gefundenes Fressen für die. Ich bin froh, ohne großes Tamtam Berlin verlassen zu haben. Also reiß dich zusammen und tu einfach so, als wäre ich deine ganz normale Schwester, die einen furchtbar langweiligen Bürojob hat.«

»Normal? Hm, klar. Weißt du, was du da von mir verlangst?«

»Haha! Halt einfach die Klappe und iss mit mir.«

Sie standen mittlerweile in der Schlange vor dem Tresen des Fastfood-Restaurants, hinter dem ein pickliger Junge mit künstlichem Lächeln die Bestellungen entgegennahm.

»Was soll ich denn hier essen? Die haben nichts …«

Pat verdrehte genervt die Augen.

»Schätzchen, entspann dich! Ich verpetze dich auch nicht bei Chris. Also nimm einfach, was du sonst auch isst.«

Alex fixierte nervös das Angebot. Pat tat es ihm gleich.

»Was kannst du empfehlen?«

»Nichts«, erwiderte Alex schmollend. »Wegen dir fühle ich mich jetzt schwach.«

»Du bist schwach, mein Schatz. Das liegt nicht an mir. Ich zwinge dich schließlich nicht, diesen fabrikgefertigten Mist in dich hineinzustopfen. Du könntest auch einen Salat essen. Schau mal …«

»Ja, ich weiß.« Alex verschränkte die Arme und schaute immer noch bockig auf die bunte Reklame über dem Tresen.

Vor ihnen standen nur noch zwei Frauen und ein kleines Mädchen. Pat wusste, dass sie sich jetzt entscheiden musste. Das ›Fast‹ bezog sich schließlich nicht nur auf die Zubereitung und den Verzehr, sondern auch auf den Service.

»Los, sag schon, was soll ich essen?«

»Das musst du schon selbst entscheiden. Du lässt dir doch sonst auch nichts vorschreiben.«

»In diesem Fall schon, Bruderherz. Weißt du, wann ich das letzte Mal in einem solchen Laden war? Mit vierzehn!«

»Ach, hör auf! Du spinnst doch«, sagte Alex und tippte mit dem Zeigefinger an seine Stirn.

»Hey, wie redest du denn mit mir?«

»Wie du es verdienst, Prinzessin Etepetete.«

»Blödmann!«, erwiderte Pat und grinste. So hatte Alex sie früher immer genannt, als sie noch klein waren.

»Das darf man nicht sagen«, stellte das kleine Mädchen vor ihnen fest, stemmte ihre Händchen in die Hüfte und zog die Unterlippe nach vorn.

Pat streckte die Zunge raus, als wäre sie selbst noch im Kindergartenalter.

Die Kleine presste entsetzt eine Hand vor den Mund, was Pat dazu motivierte, die herausgestreckte Zunge verschwinden zu lassen und stattdessen eine formvollendete Grimasse zu ziehen.

»Mama, die Frau ...«

»... ist hungrig und jetzt wohl an der Reihe«, ergänzte Pat den Satz des Mädchens, drängelte sich an den pikiert dreinblickenden Frauen vorbei zum Tresen, hinter dem der Pickelboy erwartungsvoll an ihren Lippen hing. Es gab nur ein Problem: Pat hatte immer noch keine Ahnung, was sie essen sollte. Nervös zupfte sie am Ärmel ihres Bruders und flüsterte: »Bestell du erst mal.«

Alex wählte irgendein King-Menü, Pat schielte zu den beiden Frauen neben sich, die ihre Bestellung bereits abgegeben hatten. Auf einem roten Tablett wurden gerade diverse Tüten, Schachteln und Becher gestapelt, an die sich Pat nun langsam wieder erinnerte. Was hatte sie als Kind gemocht, wenn sie heimlich mit Alex ihr Taschengeld verfressen hatte?

Das kleine Mädchen starrte sie immer noch entgeistert an, strahlte dann aber über beide Wangen, als die Kollegin von Pickelboy eine große Pappschachtel auf dem Tablett drapierte. Und dann wusste Pat, was sie essen würde.

»Ich nehme eine King-Box.«

»Die ist für Kinder«, reagierte Pickelboy mit monotoner Stimme.

»Ja, und?«

»Für Kinder, Lady. Haben Sie Kinder?«

Es war eine einfache Frage, doch sie versetzte Pat einen brennenden Stich mitten in die Magengrube.

Sie holte tief Luft und wollte dem Typen, der natürlich nicht wusste, dass Pat keine Kinder bekommen konnte, gerade anschnauzen, als Alex ihr zuvorkam.

»Sechser Chicken-Nuggets, Pommes, eine kleine Cola für die Dame und eine King-Box für ihren Sohn, der mit der Oma gerade auf der Toilette ist. Alles klar?«

Pat bemühte sich, die angestaute Luft so geräuschlos wie möglich aus ihren Lungen zu pressen. Dankbar schenkte sie Alex ein Lächeln. Doch, es gab einen Mann, der sie liebte und ihr die Angst und die Einsamkeit nahm. Auch wenn es nur ihr Bruder war.

Dieser nahm jetzt ihre Hand und drückte sie unauffällig, während Pickelboy argwöhnisch dreinschauend die King-Box auf ihr Tablett stellte. Ja, Alex verstand sie. Schon immer.

DRECKSWETTER

»Du tust es schon wieder, Pat.«

»Alex, könntest du aufhören, mich so zu nennen? Du bist mein Bruder und solltest wissen, dass ich diesen beschissenen Kosenamen nicht ausstehen kann.«

»Ich weiß, Schatz. Genau deshalb nenne ich dich so.«

Alex grinste sie von der Seite an, dann richtete er den Blick wieder auf die Straße und bremste den Wagen. Der schwarze SUV passierte gerade die deutsch-dänische Grenze. Pat schenkte den Männern in Uniform ein freundliches Lächeln und setzte ihre Sonnenbrille wieder auf. Im Grunde war dies absolut unnötig. Es war Ende März. Eigentlich hätte der Frühling längst die Gänseblümchen blühen lassen sollen, aber der Mistkerl hatte wohl dieses Jahr verpennt. Ein scharfer Nordostwind wehte und brachte die Kälte Sibiriens mit sich. Dicke Wolken verhinderten, dass die Sonne auch nur einen einzigen

Strahl gen Erde schicken konnte. Kurzum: Es war ein beschissenes Dreckswetter. Drei Grad unter null. Schneeregen. Trostloses Grau in Grau weit und breit.

»Die armen Schweine müssen bei dieser Arschkälte da draußen stehen. Da habe ich doch echt Glück mit meinem Job.«

Pat lächelte wehmütig bei dem Gedanken an ihren Beruf. *Sein oder Nichtsein*, wie ihr Agent immer mit dem nötigen Pathos raunte. Rick war wohl der Einzige, der überhaupt eine Ahnung davon hatte, wie es war, einerseits im Rampenlicht zu glänzen und andererseits die Dunkelheit auszuhalten, wenn die Scheinwerfer erloschen. Rick war schließlich verheiratet mit dem Showgeschäft.

Auch Pat liebte dieses Business, das exzessive Arbeiten, das Hetzen von einem Termin zum nächsten, das Gefühl, eine Göttin zu sein – dort oben auf dem Laufsteg, im Blitzlichtgewitter, wenn ihr Körper in den teuersten Kreationen der angesagten Designer steckte und ihr Gesicht von den weltbesten Visagisten wie Pat McGrath oder Charlotte Tilbury zu einem wahren Kunstwerk verzaubert wurde. Sobald die Scheinwerfer angingen, mussten der Hunger, die Schmerzen und eben auch die Dämonen in den Schatten treten. Das Verdrängen von Problemen gehörte zum Geschäft dazu. Niemand interessierte sich für die Schattenseiten, alle wollten einen Platz an der Sonne oder zumindest die Illusion davon. Schönheit war relativ, zu den tatsächlichen Qualitäten eines erfolgreichen Models zählten die passenden Bodymaße, sicherlich, aber insbesondere das Talent, alles Ordinäre, Gewöhnliche zu verdrängen und sich auf das Oberflächliche, Großartige zu fokussieren. Darin war Pat die Beste. Nur so war sie gut in dem, was sie tat. Nur so war es ihr möglich, die selbstzerstörerischen Triebe ihrer Kindheit in etwas Konstruktives zu verwandeln. Nur so schaffte sie es, obsessiv zu hungern – für die perfekten Maße eines Models.

Aber auch das war nun vorbei.

Seit dieser dummen Sache ...

Und genau deshalb interessierte sich Pat nicht mehr für die Zukunft und auch nicht für das, was war.

Doch die Vergangenheit war noch nicht fertig mit ihr ...

»Glück mit deinem Job? Na ja, du warst schon immer gut darin, dir die Welt schönzureden.«

Alex' Worte rissen Pat aus ihren Gedanken und ließen sie sofort in neue eintauchen. Ja, das mit dem Schönreden stimmte. Natürlich hatte ihr Job auch Schattenseiten. Das ewige Hungern, der stetige Erfolgsdruck, die immer jünger und dünner werdende Konkurrenz. Sie war jetzt fünfundzwanzig. Eigentlich ein Alter, in dem viele Frauen ihre berufliche Karriere erst starteten ... und Kinder bekamen.

Kinder.

Der Gedanke schmerzte.

»Erde an Pat! Jemand zu Hause?«

Sie reagierte nicht. Zu sehr hatte sie mit den Tränen zu kämpfen und der Gewissheit, dass sie nie Mutter sein würde. Das hatte sie versaut. Ein für alle Mal.

»Patty?«

»Ja, Mann. Lass mich in Ruhe. Schau lieber auf die Straße.«

Ihr war nicht nach Reden. Nicht jetzt. Nicht in dieser beschissenen Phase ihres Lebens. Nicht, nachdem sie ...

»Doktor Müller hat gesagt, du sollst nicht dauernd grübeln. Hast du deine Medikamente genommen?«

Pat antwortete nicht. Doktor Müller verschrieb ihr seit Kindertagen alle möglichen Medikamente, die sie manchmal regelmäßig und manchmal eben nur sporadisch nahm. Sie hasste die vielen bunten Pillen. Keine einzige davon half, die Dämonen in ihrem Kopf zu besiegen. Lamotrigin, Risperidon, Olanzapin, Haloperidol, Loxapin sorgten lediglich dafür, dass die Dämonen schliefen, von denen Pat nicht mal wusste, woher sie überhaupt kamen. All diese wunderbaren Errungenschaften der modernen Pharmaindustrie nahmen ihr vorübergehend die Angst, ließen sie schlafen, deckelten ihren Wunsch, aus dem Teufelskreis auszubrechen, der ihr Leben war. In Verbindung mit dem guten alten Lithium hielten sie Pat davon ab, nackt von einem Wolkenkratzer zu springen oder ihren Eltern auf andere Weise Schande zu bereiten.

»Patty, ich muss mich darauf verlassen können. Du weißt genau, was passiert, wenn du deine Medikamente nicht nimmst.«

»Alex, tu mir einen Gefallen, halt die Klappe und fahr einfach. Schlimm genug, dass ich nicht selbst hinter dem Lenkrad sitzen kann. Das bedeutet jedoch nicht, dass du mein gottverdammter Babysitter bist. Klar? Ich bin okay!«

So energisch wie sie das letzte Wort ausgesprochen hatte, so wenig glaubte sie daran. Sie war nicht okay.

Nichts war okay.

Scheiße!

»Prinzessin Etepetete!«, sagte Alex, wie er es immer tat, wenn er sie aufmuntern wollte. Es gelang ihm nicht.

»Okay, dann versuche ich es anders. Erzähl mir von den Paparazzi. Was ist aus dem Klatschreporter geworden, der dich gestalkt hat?«

»Tolle Idee, Bruderherz. Das Thema schafft direkt gute Laune«, antwortete Pat mit einem gequälten Lächeln. Eigentlich hätte sie dankbar sein müssen für die Fürsorge ihres Bruders und irgendwie war sie das auch ... ein bisschen zumindest. Aber ihr Leben war gerade alles andere als super und die penetranten Pressefuzzis machen die Sache nicht unbedingt besser.

»Was soll mit dem sein? Rick sagt immer: Wer das eine will, muss das andere mögen. Wer im Rampenlicht steht, muss auch noch lächeln, wenn die Scheinwerfer aus sind. That's business.«

Alex runzelte wieder die Stirn.

»Aber der Typ hat dich verfolgt. Dagegen kann man doch was machen. Einstweilige Verfügung oder so.«

»Ja, klar. Wäre ich Sekretärin oder Krankenschwester, würde das auch möglich sein. Aber Personen des öffentlichen Lebens haben gefälligst zu lächeln, selbst wenn sie mit Dreck beworfen werden.«

»Aber das ist doch unfair.«

»Unfair? Alex, bitte! Sag das mal den unzähligen Shitstormschreibern. Wenn ich dir zeigen würde, was in meinen Social-Media-Profilen abgeht, hättest selbst du als überzeugter Pazifist längst das Kriegsbeil ausgegraben.«

Ihr Bruder antwortete mit einem verwirrten Seitenblick. Sie hatten die Grenze passiert, Alex trat das Gaspedal durch und sagte: »Dann ist es doch gut, dass du in den nächsten Wochen mal so richtig ausspannen kannst. Ohne Shitstorm, ohne Stalker, ohne Paparazzi.«

Pat schaute seufzend aus dem Fenster. Wenn sie die Wahl gehabt hätte, wäre ihr der Presserummel weitaus lieber. Bald würde sich niemand mehr für sie interessieren. Und das alles nur, weil sie diese verfluchten Medikamente gegen Kokain getauscht hatte. Vor sechs Wochen. Als sie ihr Leben mit Anlauf in den Gully rammte.

Gedankenverloren betrachtete sie sich im Außenspiegel des SUV und war so in den Anblick ihres blassen Ichs versunken, dass sie den dunkelblauen Kleinbus nicht sah, der ihnen seit Berlin folgte.

DURCHGEDREHT

Vor sechs Wochen war sie durchgedreht.

Auf einer der berühmt-berüchtigten Aftershowpartys. Nun, an sich nichts Weltbewegendes. Pat war schließlich Profi. Seit knapp zehn Jahren lief sie auf dem Catwalk.

Glanz und Gloria.

Ja, davon verstand sie was. Und davon, es richtig krachen zu lassen. Die manischen Schübe halfen ihr dabei. Dann brauchte sie kein Koks, kein Meth, keinen Alkohol.

Nein.

Ihre bipolare Störung hatte durchaus positive Seiten. Irgendwie.

Während dieser Zeit war Pat charismatisch, stark, extrem gut gelaunt. Sie fühlte sich göttlich, unbezwingbar – wie Venus im Olymp. Und sie musste so gut wie niemals schlafen. Im wörtlichen Sinne jedenfalls. Denn Männer gab es reichlich in ihrem Bett, das mal in London, mal in Paris oder New York stand.

In den Phasen der Manie hätte sie eigentlich Medikamente nehmen müssen. Doch das Fatale an den Neuroleptika waren die Nebenwirkungen. Risperidon oder Olanzapin führten zu Stoffwechselerkrankungen. Haloperidol oder Loxapin machten sie steif und träge. Nicht gerade die besten Voraussetzungen für den Laufsteg, mit Diabetes oder Bewegungsstörungen die neuesten Kreationen der Stardesigner vorzuführen. Und ja, genau das waren ihre Auftraggeber. Sie lief für die bekanntesten Label dieser beschissenen Modewelt.

Jedenfalls bis zu jenem Abend.

Schon eine Woche vor dem großen Event in New York hatte sich die depressive Phase angekündigt. Die Schattenseite. Das komplette Gegenteil von Charisma, Partyqueen und schier endloser Kraft. Und dieses Mal war das Jammertal besonders tief. Tiefer und dunkler als je zuvor. Das gute alte Lithium konnte nichts gegen die Dunkelheit ausrichten, in der nur der Tod ein scheinbarer Ausweg war. Und von Antidepressiva hielt sie nichts. Die machten nur müde und dumm. Auch nicht gerade die besten Voraussetzungen für den Catwalk, wobei Dummheit dort durchaus verbreitet war.

In diesem schweren Fall der depressiven Phase hätte sie Lamotrigin schlucken sollen. Doch von Antiepileptika wie diesem Teufelszeug bekam sie einen echt miesen Ausschlag.

Kurzum: Es war ein beschissener Teufelskreis, dem sie bis zur Fashion Week entrinnen musste. Sie war nach zehn harten Jahren endlich dort angekommen, wo sie hingehörte: ganz oben. Und es war ihr jedes Mittel recht, dort oben zu bleiben.

Zunächst klappte das mit Kokain recht gut. Doch im Laufe dieser Woche wurden die Abstände kürzer und die Dosen höher, in denen Pat das weiße Gold durch die Nase zog. Täglich musste sie mehrere Shows absolvieren, fit und schön sein. Strahlen wie ein Engel.

Den Stoff zu besorgen, stellte sich als recht einfach heraus. Schließlich war sie in New York und in ihrem Business quasi an der Quelle. Als das gute alte Koks nicht mehr half, die andauernde Schwermut und die Selbstmordgedanken zu vertreiben, stieg sie um auf Crystal Meth. Ja, sie wusste, dass dieses synthetische Dreckszeug direkt in Satans Küche gekocht wurde, aber sie musste topfit sein, superschön und gut drauf.

Und so schnupfte sie, bis ihr Gemütszustand der einer manischen Phase glich. Und sie genoss dieses Gefühl der Freiheit, der grenzenlosen Kraft – keine Schmerzen, kein Hunger ... nur diese Gier nach Anerkennung und nach Sex.

Sie war der Star aller Shows, die Grande Dame der Fashion Week, badete im Blitzlichtgewitter, ergötzte sich an den Blicken der Fotografen, der Kunden ... wie sie auf ihre harten Nippel starrten, die sich frech unter der prächtigen Haute Couture abzeichneten. Sie spürte den Neid ihrer Konkurrentinnen, der ihre Libido stärkte, sie scharf machte.

Sie, Patrizia Fischer – bei Presse, Funk und Fernsehen als Triz bekannt –, war die geilste Schnitte auf Gottes Planeten. Und während sie in ihrem silbernen Paillettenkleid, unter dem sie nichts weiter trug als nackte Haut, lässig an der Champagnerbar stand und sich bewundern ließ, suchte sie nach einem Prachtexemplar von Mann, der ihr die Nacht versüßen sollte.

Sie fand sogar zwei. Eine Ménage-à-trois schien für sie der ultimative Abschluss dieser fulminanten Show zu sein, in der sie – Triz – die Hauptrolle spielte.

Es dauerte keine fünf Minuten und sie hatte die beiden Kerle an ihrer Seite. Der eine glotzte auf ihren Rücken, der bis zum Ansatz ihres Hinterns unverhüllt war. Der andere starrte in den Ausschnitt ihres Dreitausenddollarkleides, der bis zum Bauchnabel keinen Raum für Fantasie ließ. Sie war eine Diva: umworben, bewundert, begehrt.

Die beiden Männer an ihrer Seite waren stark, groß und scheinbar stinkreich. Der Champagner floss in Strömen, genau wie die Lust, die kribbelnd in ihr nicht vorhandenes Höschen tropfte.

Wenig später standen sie zu dritt im Fahrstuhl. Der blonde Schönling hatte zwei Flaschen Dom Pérignon unter dem Arm und küsste sie leidenschaftlich, der Kerl mit dunklem Haar und Dreitagebart versenkte gerade seine Zunge zwischen ihren Beinen.

»Du bist die heißeste Frau der Welt, Honey«, hörte sie die dunkle Stimme der Lust. Zufrieden warf Triz den Kopf zurück und lächelte, während der Mann, dessen Namen sie nicht kannte, gekonnt an ihrer Klitoris saugte und sie noch im Fahrstuhl das erste Mal kam.

Das Crystal Meth katapultierte sie in ungeahnte Höhen. Deshalb schnupfte sie mehr davon, als sie in ihrem Hotelzimmer angekommen waren. Auch die beiden Männer bedienten sich. Und sie tranken Champagner. Jede Menge Champagner.

Triz kicherte wie ein Schulmädchen, als sie ihr Kleid von den Schultern gleiten ließ. Vier Hände erforschten ihren Körper. Die Männer küssten sie zärtlich auf den Hals, den Mund, ihre Brüste ... bedeckten jeden Zentimeter ihrer Haut mit Leidenschaft.

»Ich heiße übrigens Bob«, stellte der Dunkle mit dem Dreitagebart sich vor und trug sie zum Bett, auf das er sie nun behutsam legte. Er roch so gut. Seine Lippen wanderten hinab zu ihrer rasierten Scham. Sie waren warm und weich. Triz wollte nicht wissen, wie er hieß, sondern seine Zunge ein weiteres Mal spüren. Und das tat sie. Bob glitt zwischen ihre Schenkel, spreizte sie mit seinen kräftigen Händen, versenkte seine Lippen heiß und verlangend in ihrer nassen Mitte und leckte ... oh ja ... er leckte, als hätte er nie etwas anderes getan.

Und Triz alias Pat ließ sich fallen in diesen großartigen Rausch der Gefühle. Und sie wollte mehr. Lasziv breitete sie ihre Arme auf dem seidenen Bett aus, stöhnte und lockte den blonden Kerl zu sich. Nur wenige Sekunden später stand er vor ihr. Nackt und schön. Wie ein zu Fleisch gewordener Adonis – nur besser bestückt. Sein prächtiger Schwanz verschwand pulsierend in ihrem Mund, reizte ihren Rachen ... und sie saugte, liebkoste die pralle Kuppe und genoss im selben Moment Bobs Zunge, die er nun gegen seine Finger eintauschte. Er tauchte sie in ihre Nässe, massierte ihre Perle, brachte wieder seine Zunge ins Spiel, kitzelte, frohlockte ...

Sie hob ihr Becken, reckte sich ihm entgegen, lud ihn ein, sie auf den Schwingen der Leidenschaft weit fortzutragen.

Fick mich!, schrie es in ihrem Kopf. Ihr Mund war ausgefüllt mit dem prächtigen Schwanz dieses Adonis', der wohl jeden Augenblick kommen würde. Er keuchte, griff stöhnend in ihr Haar, riss daran, übernahm die Kontrolle. Seine Hände hielten ihren Kopf, während seine Stöße härter wurden. Er beugte sich über ihr Gesicht und fickte ihren Mund im Takt ihres viel zu schnellen Herzschlags.

Sie bekam kaum noch Luft, während der große Blonde seinen schönen Schwanz in ihren Rachen rammte. »Mein Name ist übrigens Ben und das ist der beste Blowjob ever.«

Auch das war Triz egal. Er sollte sie begehren, sie ficken, nicht quatschen. Und er tat es. Hart und unerbittlich stieß Ben in ihren Mund, ließ ihren Körper vibrieren. Sie wollte mehr. Und sie bekam mehr. Bob legte sich unterdessen ihre Beine über die Schultern und drang nun ebenfalls in sie ein. Füllte sie aus. Erfüllte all ihre Sehnsucht nach Aufmerksamkeit und Anerkennung.

Ben kam. Heiß schoss sein Saft in ihren Rachen. Er stöhnte laut ihren Namen. Und sie? Sie fühlte sich wie eine Göttin. Adonis über ihr keuchte. »Ja, schluck alles, du geiles Miststück. Saug mich aus.« Sie nahm seine Worte nicht wahr. Die Endorphine rasten durch ihre Blutbahn, sie fühlte sich begehrt, verehrt wie eine Königin. Das Gefühl der Macht durchströmte sie, während auch Bob in sie spritzte.

Die Realität war verschwunden, ausgeblendet, verdrängt. Gedanken an morgen, Krankheit oder Verhütung gab es nicht. Nicht in ihrem Kopf und nicht in ihrem Herzen. Sie fühlte sich glücklich, als ihr Champagner gereicht wurde, den sie durstig trank. Sie fühlte sich begehrt, als Ben sie auf den Bauch drehte, ihr Becken anhob, bis sie kniete, und Champagner über ihren Hintern goss. Sie streckte ihn einladend heraus, genoss seine Finger, die geschickt ihre Schamlippen massierten, ihre Klitoris und ihren Anus. Und ja, sie fühlte sich wie eine Göttin, als sein Daumen in ihrer Rosette verschwand, sie dehnte und vorbereitete auf das, was noch kommen würde. Sie lachte sogar und leckte genüsslich über Bobs pralle Eichel, als er ihr seinen Schwanz zum Munde führte.

Sie kam, als all ihre Körperöffnungen ausgefüllt waren, Bob ihre wippenden Brüste massierte, in ihre erigierten Nippel kniff und sie seinen Penis tief in sich einsaugte, während Ben wie ein Presslufthammer in ihre Vagina stieß und mit beiden Daumen ihren Anus öffnete.

Und sie ergötzte sich auch dann noch in dem magischen Gefühl der Begierde, als Bob in ihr wallendes Haar spritzte, das all ihr Stolz war, und Ben seinen prächtigen Schwanz in ihre enge Rosette zwängte, bis sie zu bluten begann ...

Und dann war da plötzlich nur noch Leere, als die Tür ins Schloss fiel und die Wirkung der Drogen nachließ. Dunkelheit überrollte sie so mächtig wie eine Sonnenfinsternis.

Und dann war da nur noch Stille, Schmerz und der grenzenlose Wunsch nach dem Tod.

DÄNEMARK

»Bist du sicher, dass du die nächsten vier Wochen hier allein bleiben willst?«

Ihr Bruder parkte seinen SUV vor einem kleinen schwarzen Holzhaus. Durch die großen Fensterfronten, hinter denen Pat die typisch skandinavischen Möbel erkennen konnte, wirkte das Häuschen dennoch hell und freundlich. Sie mochte den IKEA-Purismus. Klare Linien, Schwarz und Weiß. Kein Schnickschnack, kein Chichi.

Müde von ihren Erinnerungen stieg sie aus dem Wagen und schaute in die typische Landschaft der dänischen Ostseeküste. Viel Rasen, keine Zäune, Bäume am Horizont, dahinter das Meer. Etwa hundert Meter entfernt stand ein zweites Haus. Größer, doch im selben Stil. Sie entdeckte weitere Häuser, nicht nah genug, um Details zu erkennen. Neugierig drehte sie sich um, als ein dunkelblauer Kleinbus an ihr vorüberfuhr.

Sie zog die dicke Strickjacke enger um ihren schmächtigen Körper. Es war kalt.

Alex war ebenfalls ausgestiegen, öffnete den Kofferraum und räumte ihre Klamotten, jede Menge Holz sowie diverse Kisten und Kühlboxen mit Essen aus dem Auto.

»Erde an Pat, kannst du das Haus aufschließen?«

Sie sah ihn fragend an.

»Der Schlüssel liegt mit den Mietunterlagen im Handschuhfach. Sag mal, Schwesterherz, hast du die letzten zwei Stunden mit offenen Augen gepennt?«

Genervt schüttelte Alex den Kopf und räumte weiter Kiste für Kiste und Tasche für Tasche auf die Terrasse, während Pat den Schlüssel holte, über die winkelförmige Terrasse um das Haus lief und dort die Eingangstür aufschloss.

Eine Mischung aus Holz, Duftkerzen und Putzmitteln umfing sie. Es war warm und roch heimelig. Das sollte also für die nächsten Wochen ihr Zuhause sein.

Sie erschrak, als es klopfte.

Alex donnerte seine Faust gegen die Terrassentür.

»Sag mal, wo bist du nur mit deinen Gedanken? Ich weiß echt nicht, wie du hier allein überleben sollst.«

Pat konzentrierte sich auf das Hier und Jetzt. So wie immer, wenn die Vergangenheit sie mit sich fortreißen wollte. Darin hatte sie Übung.

Sie öffnete die Tür zur Terrasse und lief zum Auto. Dort schnappte sie sich ihre Handtasche und den dicken Anorak vom Rücksitz, klemmte sich die Mietunterlagen unter den Arm und stapfte über den Rasen zurück zum Haus.

Alex stapelte ihr Equipment vor eine Küchenzeile, die an einer Zwischenwand quer durch das Wohnzimmer verlief, das direkt zur Terrasse führte. Im vorderen Bereich war eine gemütlich aussehende Couchecke auf der einen Seite und ein großer Esstisch mit sechs Stühlen auf der anderen, daneben ein Regal mit einem Fernseher und zwischen Terrassentür und Couch ein gusseiserner Kamin. Davor stapelte Alex nun einige Säcke Holz, die übrigen schleppte er zu einem Schuppen hinter dem Haus.

Pat beobachtete ihn durch die Fenster, welche rund achtzig Prozent der Fassade ausmachten. Es begann zu schneien. Sie freute sich auf das Feuer im Kamin.

»Ich hoffe, das Holz reicht. Zur Not hast du ja auch noch die Heizung«, sagte Alex, als er ins Haus trat und sich Holzspäne von der Hose klopfte. »Weißt du, was hier echt merkwürdig ist?«

Pat zuckte mit den Schultern, hörte eigentlich gar nicht hin, denn sie studierte gerade das Merkblatt, welches sie in den Mietunterlagen gefunden hatte. Sie musste Strom ablesen. Aber wo …?

»Weißt du, was hier echt wichtig ist?«

Alex schluckte seinen Kommentar runter und schaute sie fragend an.

»Wir müssen den Stromzähler finden, Alex. Hier steht, dass wir den Zählerstand bei Mietbeginn und Mietende eintragen sollen. Wie, wo?« Als müsste sie das Gesagte bestätigen, tippte Pat mit dem Zeigefinger energisch auf das Merkblatt. Sie hatte keine Ahnung, wie und wo man einen Zählerstand ablas und hoffte, dass wenigstens ihr Bruder in dieser Hinsicht praktisch begabt war.

»Schwesterherz, man merkt, dass du zeitlebens nur in Hotels übernachtet hast. Dabei ist so ein Ferienhaus weitaus ...«

»Alex, bitte! Ich brauche jetzt keine Werbekampagne, sondern deine Hilfe.«

»Ach, Schätzchen. Du hast echt keine Ahnung, oder? Was würdest du nur ohne mich machen?«

Pat grinste. »Verhungern und erfrieren, mein Held.«

Alex schüttelte theatralisch den Kopf, riss ihr den Zettel aus der Hand und las. Dann schaute er sich suchend um, lief ins Bad, dann zurück durch die Küche, öffnete einen großen Einbauschrank gegenüber der Eingangstür und strahlte, als hätte er gerade einen unbekannten Kontinent entdeckt.

»Tada!« Stolz zeigte Alex ins Innere des Schrankes, wo nicht nur der Stromzähler, sondern auch die Warmwassertherme untergebracht war.

»Sieh zu und lerne!«, konstatierte er oberlehrerhaft und erklärte Pat, wo sie den Zählerstand fand, wie sie das warme Wasser einstellte und weitere im Grunde einfache Basics, die jeder kannte, der schon einmal allein gewohnt hatte. Alex notierte den aktuellen Zählerstand, drehte an einem Rädchen, bis die Therme hörbar ihren Betrieb aufnahm und packte den Zettel zurück zu den Mietunterlagen.

»So, das wäre also auch erledigt«, sagte Alex und rieb sich die Hände, als hätte er gerade Herausragendes geleistet. Neugierig betrachtete er die helle Küchenzeile, drehte den Wasserhahn auf, schaute in die Schränke, drehte sich um die eigene Achse und begutachtete den Rest des Zimmers.

»Hübsch hast du es hier. Gemütlich, doch. Etwas schlicht, aber das gefällt dir ja. Stimmt's?«

Pat stöhnte genervt. Ihr Bruder war manchmal so ein verdammter Snob. Das kleine Ferienhäuschen war nicht das *Ritz-Carlton*, sollte es auch gar nicht sein. Ganz im Gegenteil! Als Pat den überstürzten Entschluss gefasst hatte, die kommenden Wochen möglichst einsam zu verbringen, hatte sie beim Suchen nach einer möglichen Bleibe lediglich darauf geachtet, dass ebendiese nah genug zu Berlin, aber doch weit genug entfernt und abgelegen war, um tatsächlich Ruhe zu haben. Auf seinem Trip nach Norwegen hatte er sie hier ohne großen Umweg absetzen können. Randvoll mit Medikamenten durfte sie schließlich kein Auto fahren und Züge hielten bekanntlich nicht am Popo der Welt. Zudem hatte sie ein Fleckchen Erde gesucht, das fernab des Jetsets lag, und hatte dieses beschauliche Kleinod an der nördlichsten Spitze Langelands gefunden. Eine gut fünfzig Kilometer lange und elf Kilometer breite Insel in der Ostsee, um sie herum nichts außer das Meer.

»Was ist denn nun so merkwürdig hier?«

Alex schaute sie fragend an, dann erhellte sich seine Miene.

»Ach so! Ja, stell dir vor, am Schuppen stehen Fahrräder.«

»Und? Was ist daran nun merkwürdig?«

»Sie sind nicht angeschlossen.«

Pat runzelte die Stirn. »Ja, und?«

»Patty! Du bist in Berlin aufgewachsen und müsstest die Merkwürdigkeit eigentlich kapieren.« Alex verdrehte die Augen, fügte dann hinzu: »Hier ist die Welt noch in Ordnung, Patty. Du hast wohl die richtige Entscheidung getroffen, dich hier im Niemandsland abzusetzen. Wenn die Eigentümer nicht mal ihre Fahrräder anschließen, hast du hier auch nichts zu befürchten.«

Pat verstand jetzt, was Alex meinte. Hier, auf diesem Eiland der Tugendhaftigkeit war nichts von dem, was Pat gewohnt war.

Kein Neid.

Keine Lügen.

Keine Angst.

Hier schien die Welt tatsächlich noch in Ordnung zu sein – und so ganz anders.

Sie wollte gerade eine Tasche von der Terrasse holen, als Alex sie zurückhielt.

»Patty, du sollst doch nichts tragen. Schon vergessen?«

Nein, Pat hatte es nicht vergessen. Wie sollte sie auch? Die schmerzenden Narben an ihrem Unterleib erinnerten sie rund um die Uhr daran. Nicht nur an die Anweisungen der Chirurgen und Schwestern, sondern auch daran, wie unnütz sie war.

»Lass mich, ich bin schließlich keine Prinzessin«, reagierte sie genervt und bereute es im selben Augenblick. Alex war ein Schatz. Er fuhr seine zu nichts zu gebrauchende Schwester an den Popo der Welt, sorgte dafür, dass sie hier im Niemandsland genügend Essen, Trinken und Holz für den Kamin hatte … und sie benahm sich wie eine trotzige Zwölfjährige. Resigniert warf sie die Tasche auf die Terrasse, verschränkte die Arme vor der Brust und sah ihrem Bruder dabei zu, wie er ihre restlichen Habseligkeiten ins Haus schaffte.

»Ich hoffe, das reicht. Vielleicht hätte ich …«

»Alex«, fiel sie ihm ins Wort, »die Vorräte reichen wahrscheinlich bis Weihnachten. Aber jetzt ist Ostern. Außerdem dürfte dir bekannt sein, dass ich nicht unbedingt verfressen bin. Solange genügend Schokolade da ist, bin ich glücklich.«

»Schokolade, pah! Du solltest die Einsamkeit nutzen und kochen lernen. Könnte nicht schaden, wenn du mal was Vernünftiges isst.« Auf seinem Gesicht bildete sich ein schelmisches Grinsen, das Pat nur zu gut kannte.

»Was?«, fragte sie – ahnungslos, aber mit der Gewissheit, dass Alex irgendetwas ausgeheckt hatte.

»Da ich weiß, dass du meine Ratschläge nur sporadisch annimmst, habe ich vorgebeugt.« Sein Blick wanderte über die Taschen und Kisten, dann fand er, wonach er gesucht hatte.

»Ah, hier ist sie ja.« Mit leuchtenden Augen öffnete er eine riesige weiße Styroporkiste, riss den Deckel ab und präsentierte Pat ein buntes Allerlei diverser Plastikdosen – akribisch angeordnet.

»Was ist das, Tupperware-Lego?«

»Ja, so in der Art. Chris und ich haben für dich gekocht, Liebes.«

Pat traute weder ihren Augen noch ihren Ohren.

»Ihr habt was?«

»Wir haben vorgekocht. Feinste Vollwertkost. Alles Bio.«

»Nee, oder? Grünkernschleim mit Dinkel?«

Alex sortierte die bunten Plastikdosen bereits in den Kühlschrank, der zum Glück groß genug war, um dort Vorräte für eine zehnköpfige Familie unterzubringen.

»Schätzchen! Du schätzt Chris wirklich absolut falsch ein. Er ist kein Food-Faschist.«

»Sondern?« Neugierig bückte sich Pat über die Styroporkiste, fischte eine Dose heraus, zog den Deckel ab und ...

»Das riecht lecker. Was ist das?«

Alex nahm ihr die Dose ab, drückte den Deckel wieder darauf und zeigte auf einen kleinen Klebezettel, farblich passend zum Deckel. Natürlich!

»Steht alles drauf. Auf jeder Dose. Das hier ist Lammragout mit Prinzessbohnen. Den Reis wirst du wohl noch selber kochen können, oder?«

Pat zog die Augenbrauen hoch und schürzte die Lippen.

»Das glaube ich jetzt nicht!«

»Verarscht!«, kicherte Pat. »Natürlich kann ich Reis kochen. Ich kann nicht viel, aber das in jedem Fall. Was meinst du, wovon ich mich all die Jahre ernährt habe? Reis, Couscous, Quinoa ... und ich mache die besten Zucchini-Spaghetti der Welt. Low Carb eben.«

»Wobei Kohlenhydrate nicht länger dein Feind sind, Pat.«

Ihr Lachen verblasste. »Ja, ich weiß. Jetzt kann ich fett und träge werden. Essen ist Sex-Ersatz, oder? Hier draußen ist kein Kerl, Alex! Wie soll ich das bitte sechs Wochen aushalten?«

Ihr Bruder räumte die restlichen Plastikdosen in den Kühlschrank und tat so, als hätte er sie nicht gehört.

»Alex?«

»Du schaffst das schon, Liebes. Und zur Not hast du doch gewiss dein Spielzeug eingepackt, oder?«

Pat ließ sich seufzend auf die Couch fallen. »Ja, klar. Ein Schwanz, der nicht lügt, nicht fremdgeht und jederzeit entsorgt werden kann.«

»Ganz genau. Meine Worte.« Alex lächelte zufrieden wie ein Vater, der stolz darauf war, seiner Tochter etwas wirklich Wichtiges beigebracht zu haben. Dann verstaute er die restlichen Vorräte im Kühl- und Gefrierschrank, räumte Flaschen, Dosen, Gewürze, Trockenwaren in die übrigen Schränke, drapierte Obst in einer Schale und setzte schließlich Wasser auf.

»Trinken wir noch einen Kaffee zusammen?«

»Sehr gern«, antwortete Pat und ließ sich tiefer in die Couch sinken. Sie spürte in sich hinein, wollte ergründen, wie sie sich fühlte. Alles war so neu, so ungewohnt. In spätestens einer Stunde würde sie allein sein. Die Einsamkeit kannte sie, das war gerade nicht das Problem. Aber allein? Ohne eine Menschenseele um sich herum. Ihre einzige Kommunikationsquelle: der Fernseher, die einzige Lust: aufgewärmtes Essen und ein Dildo?!

Resigniert legte sie die Füße auf den kleinen Tisch vor der Couch und starrte durch den Raum, hinaus in die trostlose Stille des verschneiten Märznachmittags. Vor dem Haus gegenüber parkte ein dunkelblauer Kleinbus, vor dessen Laderaum ein Paar lange Beine standen, die in einem durchaus ansehnlichen Hintern mündeten. Der Oberkörper des Mannes erschien, als dieser sich aufrichtete und zwei Reisetaschen schulterte.

Hallo! Wen haben wir denn da? Pat nahm die Füße wieder vom Tisch und beugte sich vor, kniff die Augen zusammen, um besser sehen zu können. Ein großgewachsener Kerl, vielleicht Anfang dreißig, gut gebaut ...

Bitte, lieber Gott: Lass ihn allein hier sein oder mit seinen Kumpels. Zum Angeln vielleicht?

Doch Gott erhörte ihr Gebet nicht.

Eine Frau erschien auf der Terrasse, ihr blondes Haar wehte im Wind.

»Mist!«

»Was?« Alex stellte gerade zwei Tassen auf den Esstisch und platzierte einen Teller mit Keksen daneben. Er nahm Pat die Sicht. Als sie aufstand und die paar Schritte zu ihm ging, war die Frau verschwunden.

Pat lehnte sich an den starken Rücken ihres Bruders, umarmte ihn von hinten und genoss die Vertrautheit. Sie vermisste ihn jetzt schon.

»Na ja, wenigstens hast du Nachbarn«, hörte sie seine Stimme und sah auf. Sein Blick verfinsterte sich. »Oh, nein. Lieber Osterhase, lass diesen attraktiven Kerl bitte nicht allein hier sein.«

»Welcher Osterhase ...?« Pat schaute nun ebenfalls hinüber und sah diesen wirklich gutaussehenden Mann, der gerade dabei war, weitere Gepäckstücke aus dem dunkelblauen Kleinbus zu laden. Wieder kniff sie die Augen zusammen und konnte jetzt Details erkennen. Er war überdurchschnittlich groß, hatte dunkles Haar, einen Dreitagebart. Unwillkürlich kämpfte sich eine Erinnerung an die Oberfläche ihres Bewusstseins, doch Pat zwängte sie zurück in die dunklen Tiefen der Vergangenheit.

Kinderlachen war zu hören. Dann wieder diese blonde Frau, die etwas rief.

»Puh, der Osterhase hat mich erhört. Der Kerl hat Familie. Also lass die Finger von ihm, Schwesterherz!«

Pat atmete erleichtert auf. Nein, es war nicht Bill, Ben, Bob oder wie der Kerl auch immer hieß, der sie in New York gemeinsam mit seinem blonden Freund bestiegen hatte. Natürlich nicht! Solche Zufälle gab es nicht. Außerdem war das lange her und vorbei.

Vergangenheit. Als sich das Wort in ihren Gedanken formte, lief es ihr eiskalt über den Rücken. Irgendetwas regte sich in ihrem Unterbewusstsein.

»Obwohl er wirklich verdammt gut aussieht. Den würde ich auch nicht von der Bettkante stoßen.«

»Hm ...«, erwiderte Pat verträumt. »Aber du hast deinen Chris. Ich habe nichts außer Essen und das Meer.«

»Das stimmt nicht, Pat. Du hast auch jede Menge Rotwein und Wodka. Aber bitte nicht alles auf einmal. Denk an deine Tabletten!«

»Herrgott noch mal, könntest du aufhören, dich wie Mama zu benehmen?«

»Mama würde dir niemals Wodka mitbringen«, entgegnete Alex tonlos. Ihr Bruder wusste, dass er viele Eigenarten mütterlicherseits geerbt hatte. Die pedantische Ordnungswut, den Drang, alles sortieren und kontrollieren zu müssen. Und manchmal hasste er das genauso sehr wie Pat.

Sie schloss ihre Arme enger um seinen Bauch und schmiegte ihre Wange an seinen Rücken. »Ich liebe dich, mein Ritter Sonnenschein.«

Alex lächelte, als er seinen Kosenamen aus Kindertagen hörte.

»Gleichfalls, Prinzessin Etepetete.«

»Du bist der einzige Kerl, den ich jemals lieben werde.«

»Ach Quatsch. Irgendwann wirst auch du den Richtigen treffen. Aber ich werde immer der Kerl sein, der dich am längsten liebt.«

Er drehte sich um und drückte Pat einen Kuss auf die Stirn. »Und jetzt setz dich hin und trink deinen Kaffee. Ich bin gleich wieder da.«

Pat schaute ihrem Bruder verwirrt nach, der über die Terrasse zum Auto lief. Sie setzte sich, nahm einen Schluck Kaffee und beobachtete, wie Alex einen Karton aus seinem SUV holte. Und wieder war da dieses schelmische Grinsen auf seinem Gesicht, als er sich zu ihr an den Tisch setzte und den Karton neben den Teller mit den Keksen stellte.

Pat erkannte die rosafarbene Schachtel mit den Rosenapplikationen. Konnte das sein ...?

»Erinnerst du dich?«

Sie nickte, war jedoch nicht sicher, ob sie sich erinnern wollte.

»Du hast alles aufgehoben, oder?« Konzentriert starrte sie auf den Karton. Die Ecken waren abgewetzt, das Rosenmotiv wirkte verblasst.

»Du hast die Kiste damals nach deiner Entlassung achtlos in den Müll geworfen. Das konnte ich nicht zulassen, Pat. Es war und ist auch ein Teil von mir.«

Sie nickte erneut. Das stimmte. Heute wusste sie, dass der Inhalt dieser Schachtel wertvoll war, er hatte sie durch die dunkelsten Zeiten geführt, war Anker und Leuchtturm zugleich. Halt und Licht in der Düsternis ihrer seelischen Instabilität.

»Ich habe ihn neulich beim Entrümpeln gefunden und dachte, dass es gut für dich wäre, wenn du ...«

Pat legte ihre Hand auf seine, die auf dem Deckel der Schachtel ruhte.

»Danke, Ritter Sonnenschein. Vielleicht wird es mir auch dieses Mal helfen, die Zeit durchzustehen.«

»Genau das ist meine Hoffnung. Pat, die nächsten sechs Wochen werden nicht leicht für dich sein. Dein Leben gleicht einem Scherbenhaufen, du brauchst ein Ziel, einen Plan.«

Pat seufzte und verschränkte die Arme. »Ja, ich weiß. Aber ehrlich gesagt habe ich keine Ahnung, was ich machen soll. Ich weiß nicht, wann ich das letzte Mal allein war. War ich überhaupt schon mal allein?«

»Du bist nicht allein, Pat. Ich bin für dich da. Wenn du es nicht schaffst, kannst du mich jederzeit anrufen. Uns trennen nur ein paar Kilometer.«

»Ein paar? Du bist in Norwegen! Das sind ... keine Ahnung ... mindestens fünfhundert Kilometer.«

Alex schenkte ihr ein warmes Lächeln, dann öffnete er den Deckel der Schachtel.

»Ich komme, wenn du mich brauchst. Und eigentlich bin ich immer bei dir. Das weißt du, oder?«

Pat streckte die Hand aus und griff in die Schachtel. Wahllos zog sie einen der Briefe heraus, die Alex ihr damals geschrieben hatte, als sie in der Jugendpsychiatrie war. Seine liebevollen Worte hatten ihr damals geholfen, die Zeit ihrer Behandlung zu überstehen.

Behutsam faltete Pat das Blatt Papier auseinander und lächelte, als sie die verschnörkelte Schrift ihres Bruders sah und die erste Zeile seines Briefes las:

Mein liebstes Gegenstück, ich vermisse dich.

Ja, er war ihr Gegenstück, ihr Zwilling, ein Teil von ihr. Alex machte sie vollkommen.

»Danke«, flüsterte sie ergriffen, legte den Brief zurück zu den anderen und umarmte ihren Bruder.

»Du darfst nicht immer alles verdrängen, Pat. Es wird Zeit, dass du dich erinnerst, deine Vergangenheit zulässt. Sie ist ein Teil von dir – so wie ich es bin.«

»Ja, Mama.«

Er nahm ihre Hände in seine und schaute sie ernst an. »Unsere Mutter hat damit nichts zu tun. Ich will, dass du nicht länger davonläufst, sondern dich dem stellst, was du bist. Ich hoffe einfach, dass es dir dann bessergeht und du die vielen Medikamente nicht mehr brauchst. Mir hat es doch auch geholfen.«

»Alex! Komm mir jetzt nicht mit deinem esoterischen Mist. Ich werde nicht zum Familienaufstellen gehen oder mich hypnotisieren lassen. Da ist nichts in meiner Vergangenheit, ich bin einfach nur verkorkst.«

Seine Miene veränderte sich. Resignation lag in seinem Blick. Viel zu oft hatte er bereits versucht, Pat davon zu überzeugen, dass unverarbeitete Erlebnisse aus der Vergangenheit für psychische Probleme verantwortlich sein konnten. Doch bisher hatte er auf verlorenem Posten gekämpft. Er trank seinen Kaffee aus und sagte dann kühl: »Ich muss jetzt los.«

Pat nickte stumm und verschränkte wieder die Arme. Die plötzliche Stille lastete schwer auf ihrem Herzen. Sie konnte nicht zulassen, dass sie im Streit auseinandergingen.

»Danke, Alex. Ich werde deine Briefe lesen, wenn es mir schlecht geht. Okay?«

»Oder damit es dir bessergeht, Liebes.« Seine Miene erhellte sich. Pat wusste, dass Alex ihr nie lange böse sein konnte. Auch wenn sie über dieses Thema schon nächtelang gestritten hatten, waren sie am Ende eines jedes Disputs doch immer im Guten auseinandergegangen. Das sollte heute nicht anders sein. Natürlich war sie es, die einen Schritt auf ihn zu machen musste. So war es immer gewesen. Doch das machte ihr nichts aus. Auch Pat war nicht nachtragend und sie liebte ihren Bruder mehr als alles auf der Welt.

Sie begleitete ihn zum Auto, drückte ihn zum Abschied fest an sich und winkte ihm nach, bis sein Wagen vom Sandweg auf die befestigte Straße abbog und wenig später hinter einem Hain verschwand.

DÜNE UND MEHR

Es war bereits später Nachmittag, aber es war noch hell. Die Abende wurden zum Glück wieder länger. Deshalb räumte Pat die Kaffeetassen in die Spülmaschine und zog ihren dicken Anorak über. Sie wollte nach draußen, ans Meer.

Während sie ihre Mütze aufsetzte, schaute sie sich nach dem Hausschlüssel um. Sie stieg über Kisten und Taschen, die immer noch das halbe Wohnzimmer versperrten, und ... Nichts.

Hatte Alex ...? Pat lief zum Schuppen – in der Hoffnung, dass ihr Bruder den Schlüssel vielleicht dort ... Auch nichts. Ihr Blick fiel auf die beiden Fahrräder, die neben dem Schuppen standen. Dann fiel ihr ein, was ihr Bruder gesagt hatte. Sie trat etwas näher ... und tatsächlich: Die Fahrräder waren nicht angeschlossen.

Nachdenklich sah sie zu den benachbarten Grundstücken, die allesamt mehrere hundert Meter entfernt lagen. Nur vor einem stand ein Auto. Der dunkelblaue Kleinbus. *Ein attraktiver Kerl mit Frau und Kind ist wohl kaum ein Einbrecher,* stellte sie in Gedanken fest. *Was soll's.*

Entschlossen stapfte sie zum Haus zurück, knipste sicherheitshalber die Deckenbeleuchtung im Wohnzimmer an, verriegelte wenigstens die Terrassentür und machte sich dann auf den Weg zum Strand.

Sie liebte das Meer. Mal war es seicht und warm, mal dunkel und tiefsinnig, dann wieder stürmisch und unberechenbar. Im Grunde genau wie sie. *Vielleicht bin ich eigentlich eine Meerjungfrau?* Bei dem Gedanken musste sie kichern, schüttelte lächelnd den Kopf und marschierte weiter die schmale Straße entlang, an deren Ende sie bereits die Düne sehen konnte.

Mit jedem Meter, den Pat zurücklegte, wurde der Wind mächtiger. Sie atmete tief, inhalierte die salzige Luft, lauschte dem Kreischen der Möwen, die am Horizont auf und nieder flogen. Sie stieg auf die grasbewachsene Düne und da war es: das Meer. Ihr Element. Zuhause.

Pat war in Berlin aufgewachsen – inmitten von Beton, Stahl und Asphalt. Dort reihte sich Häuserzeile an Häuserzeile. Nirgendwo freie Sicht. Das war der Grund, warum sie das platte Land und das Meer so liebte. Hier war die Sicht grenzenlos. Der Horizont nur eine vage Vorstellung in zarten Blautönen. Keine Mauern. Keine Grenzen.

Sie lief hinunter zum Strand, stieg über angehäuften Tang, den die nächste Flut wieder mit sich reißen würde. Ein stetiger Wandel. Hier war nichts statisch, alles ständig in Bewegung. So wie Pat.

Obwohl es kalt war und der Wind an ihren Haaren zerrte, setzte sie sich auf einen großen Stein und blickte hinaus aufs Meer.

Wenn Alex jetzt hier gewesen wäre, hätte er sicherlich mit ihr geschimpft. Das tat er immer. Aber in den vergangenen Wochen war es wirklich schlimm mit ihm gewesen. Seit er davon erfahren hatte, dass man sie blutüberströmt in diesem Hotelzimmer in New York gefunden hatte. In jener Nacht, als ihr die Sicherungen endgültig durchbrannten.

Dabei waren ihre Verletzungen nicht lebensbedrohlich. Ja, der Blutverlust war schon immens gewesen, aber gestorben wäre sie nicht. Leider!

Während sie jetzt am Meer saß und sogar etwas wie Glück empfand, war sie doch froh darüber, dass sie nicht gestorben war in jener Nacht.

Pat konnte sich nicht mehr an alles erinnern, nur dass sie diese Leere in sich gespürt hatte, als die beiden Typen gegangen waren. Plötzlich hatte sie sich schmutzig gefühlt, billig und dumm. All das, was die Gesellschaft Frauen gegenüber sagt, die sich einen Scheißdreck aus Konventionen machen, die zu ihren Bedürfnissen stehen, die ihre Weiblichkeit und Sexualität öffentlich ausleben.

Ja, das hörte sich alles prächtig an. So stark! Doch stark war Pat in jener Nacht ganz und gar nicht gewesen. Nachdem sie es ordentlich hatte krachen lassen, fiel sie in ein dunkles Loch, das niemals tiefer gewesen war. Das Los ihrer Krankheit. Zwischen Manie und Depression. Zwischen Licht und Schatten. Jeder Menge Schatten!

Sie war damals vom zerwühlten Bett aufgestanden, das immer noch nach Sex roch. Normalerweise mochte sie diesen Duft von Körperflüssigkeiten, erinnerte sie der Geruch doch im Allgemeinen an ein heißes Abenteuer und im Besonderen an das Gefühl, begehrt zu werden.

Doch nicht in jeder Nacht, als die Macht der Drogen sie so unsanft aus ihren Klauen entließ, als die Dunkelheit über ihr zusammenbrach. Pat konnte sich daran erinnern, dass sie den Drang verspürt hatte, heiß zu duschen und sich die Zähne zu putzen.

Du bist schmutzig!, hatte es damals in Endlosschleife durch ihren Kopf gerattert. Also war sie ins Bad gegangen, hatte sich einen riesigen Batzen Zahncreme auf ihre elektrische Bürste gekleckert und energisch ihre Zähne geschrubbt. Bestimmt zehn Minuten lang, bis sie das Gefühl hatte, ihr Zahnfleisch würde sich jeden Augenblick in eine blutige Masse verwandeln. Sie hatte sich den Mund ausgespült und dann in den Spiegel über dem Waschbecken geschaut. Wie immer. Ganz selbstverständlich.

Doch in jener Nacht war nichts selbstverständlich. Am wenigsten das Sperma in ihrem Haar.

Du bist schmutzig!, hatte es weiter in ihrem Kopf gedröhnt, als sie längst unter dem dampfenden Strahl der Dusche stand.

Du bist schmutzig!, hatte es durch ihr Hirn gehallt, während sie ihren Körper mit dem Bimsstein bearbeitete, der eigentlich nur zur Hornhautprophylaxe ihrer Fersen gedacht war.

Du bist schmutzig!, dröhnte es in ihrem Kopf, als sie wieder vor den Spiegel trat. Ihre Haut glühte kirschrot vom heißen Wasser und dem Bimsstein. Trotzdem glaubte Pat, immer noch das Sperma in ihren langen braunen Haaren zu sehen, die ihr nun klitschnass und nach Shampoo duftend über die Schultern hingen.

Damals wie heute hatte sie keine Ahnung, woher diese Worte kamen. Sie waren einfach da. In ihrem Kopf. Unwillkommen. Plötzlich.

Du bist schmutzig!

Du bist billig!

Du bist dumm!

Und dann hatte es ihre schmale Hand irgendwie geschafft, sich zur Faust zu ballen. Und irgendwie hatte diese kleine Faust es geschafft, den

riesigen Spiegel über dem Waschbecken zu zertrümmern.
Pat hatte geschrien. Nein, sie hatte gebrüllt!

»Du bist schmutzig! Du bist billig! Du bist DUMM!«

Und dann hatte ihre schmale Hand, deren Handrücken blutete, es geschafft, eine lange spitze Spiegelscherbe zu nehmen, das glitzernde Ding hochzuheben, fest zu packen, bis auch die Handinnenflächen bluteten, und binnen eines Wimpernschlags in Pats Unterleib zu rammen.

Einfach so. Als wäre es selbstverständlich.

Und während Pat die teuren Fliesen des piekfeinen Upperclass-Hotels in New York City vollblutete, lichtete sich die Dunkelheit und die Stimme in ihrem Kopf erstarb.

* * *

Das war jetzt auf den Tag genau sechs Wochen her.

Ein Zimmermädchen hatte wohl Pats Schreie gehört und das Bersten des Spiegels. Deshalb hatte man sie relativ schnell gefunden, bevor sie verbluten konnte.

Vielleicht ist es ja doch nicht so schade, dass ich noch am Leben bin, dachte Pat und stand auf. Die Sonne stand bereits tief über dem Meer. Es war wohl Zeit, zurückzukehren. Nur zurück wohin? Seitdem die halbe Welt vom blutigen Ende jener Nacht erfuhr und ein Foto von Pat in der Notaufnahme durch sämtliche Zeitungen von New York bis Berlin ging, war ihre Karriere als Star-Model im Eimer. Finito. Sense. Ende. Aus. Nada. Zero. Null.

Pat streichelte sich gedankenverloren über den Bauch. Ihr Blick ruhte immer noch auf dem Meer, auf den Wogen der Freiheit und der Fruchtbarkeit.

Ja, sie hatte sich in jener Nacht selbst bestraft, als sie die Spiegelscherbe über dem Schambein in ihren Körper rammte. Es wurden keine wichtigen Organe verletzt. Kein Darm, keine Leber, keine Nieren, keine Milz. Nein. Alles intakt. Nur ein Organ hatte die Spiegelscherbe zerfetzt, ein etwa faustgroßes Organ, das für die Ärzte nicht wichtig war, weil Pat auch ohne leben könnte. Und das tat sie nun. Sie lebte. Ohne ihren Uterus. Ohne Job. Im besten Alter, Kinder zu gebären.

Noch zwei Wochen, dann wäre sie wieder hergestellt. Dann könnte sie wieder ihre Taschen selber tragen, Sport treiben, Fahrrad fahren.

Wut kroch in ihr hoch. Wut über sich selbst.

Schniefend vergrub sie ihre Hände in den Taschen ihres Anoraks und fand ...

Ich bin so blöd!

Zwischen ihren Fingern spürte sie den Schlüssel für ihr Ferienhaus. Er war die ganze Zeit über dort gewesen. Natürlich! Sie hatte ihn in die Jacke gesteckt, als sie ihrem ungeduldigen Bruder die Terrassentür öffnen sollte.

Erleichtert trat sie den Rückweg an. Keine Menschenseele war ihr begegnet. Bei diesem geringen Prozentsatz an Bewohnern ging die Zahl der Einbrecher wohl gegen Null.

DON'T FUCKING TELL ME WHAT TO DO

Als sie zurückkam, hatte die Dämmerung bereits eingesetzt. Ihr Häuschen lag friedlich und verlassen im Dunkel der hereinbrechenden Nacht. Kein Einbrecher hatte ihre Sachen geklaut oder wenigstens weggeräumt.

Lächelnd hatte Pat den Anorak an einen Haken neben der Tür gehängt, die gefütterten Sneakers ausgezogen und sich dann an die Arbeit gemacht.

Zwei Stunden später war ihre mitgebrachte Garderobe ordentlich im Kleiderschrank verstaut, Koffer und Taschen weggeräumt, ihr Beautycase stand im Badezimmer, das Bett war bezogen, sie hatte Feuer im Kamin gemacht, sogar etwas gegessen und goss nun Rotwein in ein Glas.

Tatsächlich spürte sie so etwas wie Zufriedenheit, die jedoch nicht lange anhielt.

Etwa dreißig Minuten hatte sie es geschafft, auf der Couch zu sitzen und sich der Ruhe hinzugeben. Aber sie war noch nicht bereit für diese friedliche Stille. Seit sie denken konnte, war ihr Leben wie eine Achterbahnfahrt verlaufen. Ihr Tag hatte Struktur gehabt, war durchgeplant bis auf die letzte Sekunde. Termine bestimmten ihren Alltag. Castings, Fittings, Shootings, Shows, Fitness, Beauty. Selbst das wenige Essen war bis ins kleinste Detail geplant. Pat war programmiert wie ein verdammter Roboter. Aber das hatte ihr nichts ausgemacht. Im Gegenteil! Die Struktur gab ihr Halt.

Und nun?

Die Medikamente waren neu eingestellt. Doktor Müller hatte ihr eingeschärft, sich minutiös an den Tablettenplan zu halten. Pat hatte ihr Smartphone so eingestellt, dass es sie mit einem wenig ohrenfreundlichen Piepton daran erinnerte, die Pillen zu schlucken: jeweils zur Stabilisierung und zur Stimmungsaufhellung.

Das war ihr Anker.

Mehr nicht.

Keine Anrufe, keine E-Mails, keine WhatsApp-Nachrichten der Agenten, Designer, Chauffeure, Make-up-Artists. Keine Partys. Keine Liebhaber.

Kein Glanz und Gloria.

Nichts.

Stille.

Doch diese Stille machte sie nervös.

Also sprang sie von der Couch und schaltete den Fernseher ein, zappte durch die Kanäle. Ätzend. Blöd. Langweilig.

Sie versuchte es mit Yoga. Holte ihre Kopfhörer und die kleine blaue Matte. Ihre ständigen Begleiter. Yoga half ihr schon seit Jahren. Yoga und diese beschissenen Medikamente.

Doch heute fand sie selbst mit Atem- und Dehnübungen nicht die erhoffte Ruhe.

Es war so still.

Sie fummelte an ihrem digitalen Walkman, klickte durch die Musikdateien und fand das Album *Body Talk* der schwedischen Sängerin Robyn. Pat stellte die Lautstärke auf Anschlag und wippte zu den Beats des ersten Titels *Dancing on My Own*.

Und Pat tanzte. Sie ließ es krachen. Davon verstand sie etwas. Sie tanzte durch das Wohnzimmer ihres Ferienhauses. Schaltete das Licht aus. Sie brauchte es nicht. Denn plötzlich war Pat in einer anderen Welt.

Ihrer Welt.

Glanz und Gloria.

Sie tanzte. Spürte die Scheinwerfer auf ihrer Haut.

Sie tanzte. Fühlte die Wärme in ihrem Körper.

Sie tanzte. Und vergaß die Dunkelheit.

Sie tanzte.

Tanzte für sich allein.

Der nächste Titel lief, als sie nach Luft schnappte.

›I've got some news for you‹, dröhnte die erste Liedzeile von *Fembot* durch Pats Ohren. Sie schaltete die Musik leiser.

Sie brauchte keine Erinnerung an die Neuigkeiten in ihrem Leben. Deshalb schaltete sie auf den nächsten Song.

Ja, schon besser. Pat stellte sich ans Fenster, starrte in die Dunkelheit und lauschte den Liedzeilen, die ihr aus dem Herzen sprachen. Robyn sang, als würde sie Pat kennen.

»My smoking is killing me
My diet's killing me
My heels are killing me
My shopping's killing me
My ego is killing me
Can't sleep, it's killing me
My label's killing me ...«

So laut sie konnte, sang Pat mit. Jede verdammte Zeile.

»My phone is killing me
My E-mail's killing me
These hours are killing me
My tour is killing me
This flight is killing me
My manager's killing me
My mother's killing me ...«

Und dann schrie sie den Refrain:

»DON'T FUCKING TELL ME WHAT TO DO.«

Yes! Scheiß auf den Job! Scheiß auf Glanz und Gloria! Scheiß auf Agenten, Designer, Chauffeure, Make-up-Artists.

Keine Partys?

Drauf geschissen!

Keine Liebhaber?

FUCK OFF!

Niemand würde ihr verdammt noch mal sagen, was sie zu tun hatte.

»Don't fucking tell me what to do!«, flüsterte sie nun. Der Hauch ihres Atems beschlug die Fensterscheibe. Sie malte ein Herz in den milchigen Fleck, der nach und nach verblasste. Mit ihm das Herz.

Dahinter nahm sie nun ein Licht wahr. Es kam vom benachbarten Haus. *Dieser attraktive Typ ... mit Frau und Kind.* Pat kniff die Augen zusammen, um besser sehen zu können. Da war das typisch blaue Flackern eines Fernsehers. Eine Stehlampe. Zwei Schatten. Ein Mann und eine Frau. Sie umarmten sich. Hielten sich fest.

Liebe.

Robyn sang in ihren Ohren. Pat stellte die Musik wieder lauter und übersetzte in Gedanken die Zeilen des nächsten Songs, der ebenfalls zu ihr passte wie der Teufel in die Hölle:

Ich bin dein, du bist mein.
Zwei Satelliten.
Nicht allein.
Nein, wir sind nicht allein.

Scheiße!

Und ich war nie clever in der Liebe.
Ich lasse die Schlechten rein und die Guten draußen.
Aber ich werde dich lieben, als wäre ich noch nie verletzt worden.
Ich werde dich lieben, als wäre ich unzerstörbar.

...

Indestructible. Unzerstörbar.

Scheiße!

Pat riss sich die Kopfhörer aus den Ohren.

Wie gern würde sie lieben, als wäre sie noch nie verletzt worden. Wie gern würde sie überhaupt lieben.

Liebe!

Sie war noch nie verliebt gewesen. So richtig. Seit sie mit fünfzehn ihr Elternhaus verließ, hatte sie exzessiv gearbeitet, wurde belächelt, später bewundert. Ja, sie hatte Männer gehabt. Jede Menge Männer!

Sie hatte es krachen lassen. Davon verstand sie etwas. Glanz und Gloria.

Aber Liebe?

Sie wandte ihren Blick ab von dem Paar im flackernden Licht des Fernsehers. Die beiden unterhielten sich jetzt. Er strich ihr zärtlich über den Kopf.

Pat schloss die Augen und versuchte sich vorzustellen, ein Mann würde ihr so übers Haar streicheln. Ihre Hand, auf der die Schnitte der Spiegelscherben verheilt waren, tastete nach ihrem Gesicht. Sie fühlte sich warm an.

Ihre Finger glitten weiter. Über ihren Hals, hinunter zwischen die Wölbung ihrer Brüste. Es fühlte sich feucht an. Feucht vom Schweiß des

Tanzens. Sie zog das Sweatshirt aus. Dann ihr Hemdchen, den BH. Das Feuer im Kamin brannte noch. Sie spürte die Wärme in ihrem Rücken und doch richteten sich ihre Brustwarzen auf. Sie nahm ihre Brüste in beide Hände, massierte sie. Nahm ihre Knospen zwischen Daumen und Zeigefinger.

Ihre linke Hand wanderte weiter, während die rechte ihre Brust liebkoste. Pat starrte auf das Paar im Haus gegenüber, als sie ihre Jeans öffnete. Ihre Finger glitten unter den Stoff ihres Slips, erreichten die Rundung ihrer Mitte, durchstießen sie.

Als sie in der Feuchte ihren Lustpunkt stimulierte, begann sie zu stöhnen. Ihre Bewegungen wurden schneller. Gieriger. Sie zog die Jeans aus, befreite sich von Slip und Socken und stand nun nackt vor dem Fenster. Im Schein des Mondes wirkte ihre Haut fast weiß, ihr schmaler Körper wie der einer Elfe. Doch sie war keine Elfe, kein Fabelwesen, sondern eine Frau. Eine Frau mit Bedürfnissen.

Ihre Hände fanden erneut die richtigen Stellen. Pat setzte sich auf den Esstisch, stellte ihren linken Fuß auf einen Stuhl, dann den rechten. Sie spreizte die Schenkel, reckte ihren Unterleib zum Fenster, zu diesem Paar, das sich hundert Meter weiter nun wieder umarmte.

Sie riss sich von dem Anblick los, lehnte den Kopf zurück und versenkte zwei Finger in ihrer Scham. Und wieder wurden ihre Bewegungen schneller. Routiniert glitten sie über ihren Kitzler, massierten diese kleine Perle der Begierde, stießen zwischen samtene Lippen, hinein in das Herz der Lust.

Ihr Stöhnen wurde hemmungslos. Es war Pat egal, dass sie direkt vor dem riesigen Panoramafenster onanierte. Ihr Körper war längst kein Geheimnis mehr. Weder für sie noch für die vielen Männer, die sie im Laufe der vergangenen Jahre befriedigt hatten.

Die Erinnerungen an starke Hände, die ihren Körper zum Gipfel der Lust hoben, stimulierten sie zusätzlich. Ihre Finger reichten jetzt nicht mehr. Keuchend setzte sie sich auf, rutschte vom

Tisch und lief durch das dunkle Wohnzimmer Richtung Bad.

Sie sah nicht, wie der Mann im Nachbarhaus nun allein am Fenster stand. Sie achtete auch nicht auf das schwarze Haar im Waschbecken, während sie in ihrem Beautycase nach dem Dildo suchte.

Ohne in den Spiegel zu sehen, verließ sie das Bad, lief weiter ins Schlafzimmer, ließ sich dort auf das frischbezogene Bett fallen und stöhnte, als der Latexstab in sie eintauchte. Pat vergaß die Welt um sich herum, gab sich den heißen Wellen hin, als der Orgasmus in ihr brandete.

* * *

Stöhnend rollte sie sich auf die Seite, spürte dem Gefühl der Befriedigung nach, fühlte den Schwanz, der noch immer tief in ihr steckte.

Er war nicht echt.

Natürlich nicht!

War je ein Schwanz echt gewesen?

So echt und wahrhaftig wie die Liebe?

Müde zog Pat das dicke Federbett über ihren Körper, der jetzt zitterte. Nicht zum ersten Mal sehnte sie sich in einem solchen Moment nach Zärtlichkeit, starken Armen, die sie hielten, während sie sich in den Schlaf weinte.

PATRICK

Sie schlug die Augen auf. Es war bereits hell. Wie lange hatte sie geschlafen? Irritiert kramte sie auf dem Nachttisch nach ihrem Smartphone, das mit dem typischen Piepton daran erinnerte, dass sie ihre Tabletten nahm.

Gähnend richtete sie sich auf und tastete nach dem kleinen Kästchen mit ihren Medikamenten. Es war vielmehr eine Metalldose – etwa so groß wie eine Streichholzschachtel. Hübsch verziert mit einem klassischen Rosenmotiv. Pat hasste es, wenn sie jemand nach den Tabletten fragte. Was sollte sie auch antworten? Dass sie psychisch krank war? Ein labiles Etwas? Nein!

Bei einem hübschen Döschen auf dem Nachttisch fragte niemand, wofür die Pillen waren. Und selbst wenn, hatte sie bisher dem einen oder anderen Kerl gesagt, dass es ein Verhütungsmittel war. Und wenn sie am Tag die verschieden großen Pillen schluckte, dann erklärte sie stets, dass es sich um diverse Vitaminpräparate handelte –

zur Nahrungsergänzung. Klar, das verstand jeder. Sie war Model und musste auf ihren Körper und ihre Gesundheit achten. Ihr Kapital!

Pat schluckte eine der großen Tabletten und warf die Dose zurück auf den Nachttisch. Sie hatte keine Lust auf Jammern. Draußen schien die Sonne, sie hatte erstaunlich gut geschlafen und ja, sie hatte Hunger. Vielleicht war es doch eine gute Idee gewesen, hierher zu kommen. Die frische Seeluft schien bereits zu wirken.

Lächelnd stand Pat auf, zog die schlichten weißen Leinengardinen beiseite und blickte in einen strahlendblauen Himmel. Draußen hüpften Vögelchen munter über den Rasen, auf dem ein farbenfroher Fasan stand und krähte.

Der Schnee war geschmolzen. Hier war die Welt in Ordnung. Kein Grund also, Trübsal zu blasen.

* * *

Und so vergingen die Tage. Einer glich dem anderen. Nur das Wetter änderte sich und das Meer. Pat verbrachte viel Zeit am Strand und genoss die frische Seeluft, das Rauschen des Meeres, ließ die Gedanken treiben und versuchte, sich der Zufriedenheit hinzugeben, die mehr und mehr von ihr Besitz ergriff.

Am ersten Tag hatte sie ihre Haare zu einem lässigen Knoten gebunden. Am zweiten verzichtete sie auf Make-up. Am dritten auf ihren BH. Sie trug ausschließlich legere Jogginghosen, baumwollene Bodys und Sweatshirts unter ihrem dicken Anorak, der sie hervorragend gegen die Kälte schützte, die das Osterfest in diesem Jahr zu etwas machte, das an Weihnachten denken ließ.

Zumindest für all jene, die Ostern feierten. Pat hatte nicht mal gefärbte Eier im Haus, geschweige denn irgendwelche Deko. Warum auch? Sie war es nicht gewöhnt. Das letzte Mal, dass sie mit ihrer Familie Ostern gefeiert hatte, war Ewigkeiten her. Wenn sie sich recht erinnerte, war sie damals vierzehn gewesen. Später im Aufbau und Trubel ihrer Model-Karriere hatte sie an alles gedacht, nur nicht an buntbemalte Eier im blühenden Haselnussstrauch und Häschen im zarten Grün des Frühlings. Nein. Sie hatte ein Jetset-Leben geführt. Heute hier und morgen irgendwo zwischen den Breitengraden ... im stetigen Wettlauf mit der Zeit. Da war kein Platz für Familie und gemütliche Feiertage.

Pat schlenderte auch heute wieder am Strand entlang, lauschte dem alten Lied des Meeres, warf Steinchen in die Wellen, welche sanft ans Ufer rollten. Gerade mal fünf Menschen waren ihr heute während des mehrstündigen Spaziergangs begegnet. Allesamt Dänen.

Wie entspannt die Menschen hier waren. Lächelnde Gesichter hatten sie mit dem üblichen ›Hej‹ gegrüßt. Niemand hatte sie angestarrt. Keine Paparazzi. Sie war ein akzeptiertes Mitglied dieser Gemeinde geworden, die aus einer Handvoll Menschen, zahlreichen Hasen, Fasanen, Singvögeln und Möwen bestand.

Ein schönes Gefühl. Irgendwie. Die Momente, in denen sie die Friedlichkeit der Natur genießen konnte, wurden mit jedem Tag länger und währten so lange, bis Alex sie mit seinen täglichen Anrufen in ihr richtiges Leben zurückholte. Ja, er sorgte sich um sie. Aber ihr ging die permanente Kontrolle schlichtweg auf die Nerven. Wenn ihr

Bruder anrief, war sie meist kurz angebunden. Nickte. Bejahte oder verneinte seine sich stetig wiederholenden Fragen. Wünschte ihm viel Erfolg bei seinen Unternehmungen, für die sie sich nicht wirklich interessierte. Und nickte wieder, wenn er endlich aufgelegt hatte.

So war Alex. Und im Grunde ihres Herzens war Pat froh darüber, dass sie wenigstens ihn hatte. Einen starken Mann, der für sie da war, wann immer sie ihn brauchte.

Als sie zu der kleinen Düne kam, hinter der die schmale Straße zurück zu ihrem Ferienhaus führte, sah sie drei Menschen auf sich zukommen.

Es war der attraktive Typ. Sein dunkles Haar war zerzaust, das Gesicht unter dem Dreitagebart bereits braungebrannt, sodass seine blauen Augen leuchteten. Sie waren wunderschön und blickten direkt in ihre.

Verwirrt schaute Pat zu der Frau neben ihm. Keine wirkliche Schönheit, recht klein aber zierlich. Die weizenblonden Haare hatte sie zu einem dicken Zopf geflochten, der unter einer grauen Wollmütze hervorschaute und ihr bis zur Brust reichte. Eine wahrlich üppige Brust, wie Pat jetzt feststellte. Obwohl sie in einem gefütterten Parka steckte, der ihr bis weit über die Knie reichte, erkannte Pat die Attraktivität dieser Frau. Und noch etwas anderes. Wärme. Ja, diese Frau strahlte Wärme aus und eine Geborgenheit, nach der sich Pat als Kind so oft gesehnt hatte. Vor allem als sie das kleine Mädchen sah, das nun die Hand ihrer Mutter losließ, über die Düne und den Strand rannte und jubelnd einen Hühnergott hochhielt.

Am Fuße der Düne blieb Pat stehen, ließ der Mutter den Vortritt, die zu ihrem Kind wollte. Die Frau kletterte über ein paar große Steine und lief dann zu dem Mädchen, das aufgeregt auf sie einredete.

Sie sprach Deutsch.

Genau wie der Mann mit diesen faszinierenden blauen Augen, die jetzt wieder auf Pats Gesicht ruhten, für einen Wimpernschlag ihren Mund fixierten, um dann zu der Frau und dem Mädchen zu sehen, die beide nach ihm riefen.

Patrick?

Die blonde Frau und das Mädchen nannten ihn Patrick.

Etwas regte sich in ihr. Sein Name ließ ihr Innerstes vibrieren. Nur für einen winzigen Augenblick.

Dann war dieser vorüber und machte Platz für etwas sehr viel Größeres. Ihr Innerstes bebte, als er sie ein drittes Mal ansah … und lächelte.

Gott, war dieser Mann schön! Seine ebenmäßigen Zähne blitzten zwischen zwei weichen Lippen, die perfekt aussahen.

Perfekt, um dich zu küssen, schoss es ihr durch den Kopf und dann direkt etwas tiefer. Pat stand einfach nur da und glotzte diesem Kerl hinterher, als wäre sie ihr Leben lang nichts anderes gewesen als ein Groupie.

Väterlich strich er dem Mädchen eine verirrte Strähne aus dem Gesicht, beugte sich zu der Kleinen hinunter, um die flatternden Haare unter ihre Mütze zu schieben. Wow! Der Mann war nicht nur göttlich schön, er war auch zärtlich.

Und nicht mehr zu haben!, holte ein weiterer Gedanke sie zurück in die Realität. Natürlich! Die guten Männer waren entweder vergeben oder schwul. Resigniert drehte sich Pat um und stieg nun ihrerseits über die großen Steine, welche die Düne säumten.

»Warten Sie!«, hörte sie es hinter sich rufen.

»Sie wohnen im Haus gegenüber, oder? Wir haben Sie neulich gesehen.«

Neulich? Wann? Als ich mich nackt auf dem Esstisch rekelte und euch meine tropfende Pussy entgegenreckte?

Pat schluckte.

»Ja, kann sein«, druckste sie verlegen und sah zu der Frau, die sich jetzt umdrehte und rief: »Patty, schau mal, unsere Nachbarin.«

Patty?

Sie würgte an dem Kloß in ihrem Hals.

Ist das Schicksal?

Der Mann mit demselben Kosenamen wie sie warf sich das kleine Mädchen über die Schulter und kam näher.

Und wieder war da dieser alles durchdringende Blick. Das Mädchen kicherte, als er sie zurück auf den Boden stellte.

»Das ist ein Hühnergott. Der bringt Glück, weißt du«, plapperte die Kleine und hielt Pat den Stein mit dem typischen Loch entgegen.

Die Frau lächelte und drückte das Mädchen mütterlich an sich. »Es ist so schön hier, nicht wahr?« Sie sprach mit skandinavischem Akzent. »Ich bin übrigens Linda.«

Pat nickte wieder. »Hallo. Ich heiße Pat-Patrizia.«

»Ach, wie schön«, erwiderte Linda für Pats Geschmack etwas zu überschwänglich. »Und dieses aufgeweckte Kind ist meine Tochter Lea«, fügte sie hinzu. Der Stolz in Lindas Stimme war unverkennbar.

»Ich bin schon fünf«, sagte die Kleine und hielt Pat ihre linke Hand entgegen, an der alle Finger und der Daumen gestreckt waren.

Pat schenkte ihr ein Lächeln, das ausnahmsweise ehrlich gemeint war. Sie mochte das Mädchen auf Anhieb. Genau wie ...

»Und das ist Patrick«, rief Linda gegen den Wind, der jetzt noch heftiger vom Meer wehte. Dann wandte sie sich um und schaute nach oben. »Komm doch mal näher, Patty. Das ist Patrizia, unsere Nachbarin.«

Und er kam näher, lächelte und beugte sich dann zu der kleinen Lea, der gerade die Mütze vom Kopf rutschte. Er trug eine schwarze Wattejacke und dunkelgraue Jogginghosen. Sein Hintern sah selbst in diesem Schlabberlook zum Anbeißen aus.

»Wie lange bleiben Sie, Patrizia?«

Lindas Frage riss Pat aus ihren Gedanken, die alles andere als jugendfrei waren.

»Noch drei Wochen«, antwortete Pat und konzentrierte sich darauf, nicht weiter auf diesen Knackarsch zu starren.

»So lange? Wow! Aber ist das nicht schrecklich einsam? Ich meine ... wir haben uns gefragt, ob das nicht auf Dauer langweilig ist, so ganz allein in dem Haus.«

Pat antwortete nicht. Nickte nur wieder.

»Wollen Sie nicht später zum Essen kommen? Sie sehen aus, als könnten sie ein bisschen Hausmannskost vertragen. Wie wär's? 18:00 Uhr?«

Pat zupfte sich verlegen am Ohrläppchen. Das tat sie immer, wenn sie nicht weiterwusste. Lindas Angebot klang verlockend. Die Gourmetkost aus Tupperdosen ging langsam zur Neige. Um bis zum Ende ihres Aufenthaltes nicht zu verhungern, hatte sie einen Teil davon eingefroren und sich in den letzten zwei Tagen nur von Obst und Joghurt ernährt. Etwas frisch Gekochtes würde ihrem Magen wohl sehr gut gefallen. Und einer anderen Region ihres Körpers wohl die Anwesenheit dieses ...

»Patrick? Ist doch okay, wenn Patrizia heute Abend zum Essen kommt, oder? Es ist doch Ostern. Da sollte niemand allein sein.«

Patrick richtete sich auf und brummte etwas Unverständliches. Die kleine Lea hatte sich von ihm losgerissen und rannte jetzt über den Strand, bis zum Wasser, wo sie fröhlich kreischend hüpfte, als eine Welle über ihre knallroten Gummistiefel schwappte.

Linda lief ihr nach.

Sie waren allein. Pats Herzschlag beschleunigte sich, als der Wind seinen Duft zu ihr herübertrug. Er roch fantastisch. Nach Mann, Moschus und einer Spur Zedernholz.

Sie spürte seinen Atem dicht an ihrem Ohr, als er sagte: »Ich freue mich auf dich, Patty.«

ZWEIFEL

Pünktlich um 18:00 Uhr machte sich Pat auf den Weg und stakste in ihren High Heels über den weichen Rasen, eine Flasche Rotwein unter dem Arm.

Sie hatte die Zeit genutzt, um sich sorgfältig aber dezent zu schminken. Zu den schwarzen, locker sitzenden Sweatpants trug sie eine luftige Bluse mit Blumenmotiv. Den tiefen Ausschnitt kaschierte sie mit einem ebenfalls schwarzen Top, das sie darunter trug, sowie einem gelben Wollschal über der dunkelblauen Lederjacke. Heute hatte sie nicht auf ihren BH verzichtet, wenngleich sie ein Modell gewählt hatte, das ihre Brüste lediglich zur Geltung brachte, ohne ihr Dekolleté prall wirken zu lassen. Dezent sexy, aber nicht aufdringlich.

Mit klopfendem Herzen stand sie nun auf der Terrasse, hundert Meter entfernt, und schaute zu ihrem Ferienhaus. Sie kniff die Augen zusammen und erkannte den Esstisch im Wohnzimmer, auf dem sie neulich ...

»Hallo, Patrizia. Wow! Sie sehen umwerfend aus.«

Linda bat sie lächelnd herein. Sie trug dasselbe Outfit wie vorhin, nur ohne Mütze und Parka. Natürlich! Sie hatte die Zeit nicht mit Make-up und Beauty verbracht, sondern gekocht.

»Es duftet wundervoll, Linda.«

»Oh, danke. Ich hoffe, Sie mögen Hackbraten. Sie essen doch Fleisch, oder?« Fast ängstlich schaute Linda sie an und taxierte Pats schlanke Beine, die in den kniehohen Stiefeln mit den Zehn-Zentimeter-Absätzen noch sehr viel länger wirkten, als sie ohnehin schon waren.

»Ja, klar. Ich esse eigentlich alles«, log Pat. Eigentlich aß sie so gut wie nie. Andererseits war sie weder Vegetarier noch Veganer oder litt an irgendeiner Unverträglichkeit. Zumindest bezog sich ihre Intoleranz nicht aufs Essen. Ganz im Gegensatz zur netten Linda mit ihrem weizengelben Zopf. Am liebsten hätte sie die skandinavische Landpomeranze zum Mond geschossen. Spätestens als Patrick ins Wohnzimmer trat. Er sah umwerfend aus. Die Jogginghose hatte er gegen eine lässige Jeans getauscht. Dazu trug er ein hellblaues Hemd, das großartig zur Farbe seiner Augen passte.

Diese Augen!

Und dieser Duft!

Pat hielt den Atem an, als er ihr die Weinflasche abnahm. Ihre Finger berührten sich.

Zufällig?

Ein helles Kinderlachen drang durch die angespannte Stille. Dann Lindas Stimme, die aus der Küche rief, dass sich Lea die Hände waschen solle.

Schon wieder waren sie allein.

Anders als in Pats Ferienhaus war hier die Küche in einem separaten Raum. Das Wohnzimmer bestand dafür ebenfalls aus einer Couchecke und einem Esstisch.

Der Esstisch!

Erinnerungen wogten heiß und hemmungslos in Pat, die schon wieder verlegen an ihrem Ohrläppchen zupfte. *Hat er mich gesehen – nackt, hemmungslos? Warum ist er so nah, so ...*

»Schön, dass du gekommen bist«, flüsterte Patrick in einer Zweideutigkeit, die Pat erschauern ließ.

»Linda, kann ich etwas helfen?«, rief Pat deshalb Richtung Küche und wollte sich gerade auf den Weg dorthin machen, als Patrick sie zurückhielt.

»Es freut mich wirklich, dich wiederzusehen.«

Seine Finger umschlossen ihr Handgelenk. Dominant und doch zärtlich. Seine Haut war angenehm warm. Doch mit jeder verstreichenden Sekunde fühlte sie sich heißer an. Die Hitze übertrug sich auf Pat, schoss sowohl aufwärts in ihre Wangen als auch abwärts in ihre Mitte.

Sie schluckte, sah in diese unglaublichen Augen und fühlte sich wie ein Teenager.

Es freut mich wirklich, dich wiederzusehen? Warum sagt er das? Kennen wir uns?

Er lächelte. »Dann werde ich mal den Wein dekantieren.«

Pat atmete ein. Tatsächlich hatte sie eine gefühlte Ewigkeit die Luft angehalten.

Wer ist dieser Kerl, was hat er vor?

Pat wurde nicht schlau aus diesem Mann. Aus diesem Fremden, der ihr auf magische Weise vertraut vorkam. Während dieser kurzen Berührung hatte Pat mehr gefühlt als in den unzähligen Liebesnächten mit irgendwelchen namenlosen Lovern.

Dieser Mann strahlte keine Geilheit aus, sondern pure Sinnlichkeit. Ein entscheidender Unterschied, in dessen Genuss Pat trotz der vielen Sexabenteuer nie gekommen war.

Du verliebst dich gerade in einen verheirateten Mann, Pat! Was würde jetzt wohl dein Therapeut sagen oder der gute alte Sigmund Freud?

Scheiße!

Ja, das stank geradezu nach Ärger. Nach gottverfluchtem Ärger, den sie jetzt am allerwenigsten gebrauchen konnte. Ihr Bruder hatte sie hierhergebracht, damit sie zu sich selbst fand, wieder auf die Beine kam, Pläne für die Zukunft schmiedete ... Und was machte sie? Benahm sich wie eine Sechzehnjährige, die randvoll mit Hormonen feucht im Schritt wurde und sich in den erstbesten Kerl verknallte, nur weil er nett zu ihr war?!

***

»Linda, es war köstlich.« Diesmal log Pat nicht. Der ›falsche Hase‹ war ein Gedicht. Ebenso die in Butter geschwenkten Möhren und die Rosmarinkartöffelchen. So viel Fett hatte Pat noch nie gegessen. Sie konnte sich nicht erinnern, wann sie das letzte Mal so satt gewesen war.

»Danke. Das ist lieb von dir. Ich hatte schon Angst, dass du ausschließlich an einem Salatblatt knabberst. Aber das sind wohl nur Klischees«, erwiderte Linda, räumte die Teller zusammen und trug sie in die Küche. Die kleine Lea folgte ihr und fragte nach dem Dessert.

Und bevor Pat schon wieder mit diesem Prachtkerl allein blieb, sprang sie auf, schnappte sich zwei Schüsseln und folgte den beiden Mädels in die Küche.

»Es gibt Käsekuchen mit Himbeeren. Magst du Käsekuchen, Pat?«

Es war Lea, die fragte. Ihre Wangen hatten ein zartes Rosa angenommen, denselben Farbton wie ihr Kleidchen, dessen Rock sie nun mit beiden Händen hob und sich im Kreis drehte wie eine Primaballerina. Die Kleine war süß wie reinster Zucker.

»Was ist, Pat? Magst du Käsekuchen mit Himbeeren?«, wiederholte Lea ihre Frage und drehte sich jetzt in die entgegengesetzte Richtung.

Cleveres Mädchen!, dachte Pat und schmunzelte. Wer klug genug war, wusste, dass nur so der Schwindel durch die Drehung auf ein Mindestmaß reduziert werden konnte.

»Ja, ich liebe Käsekuchen. Nur bin ich mir nicht sicher, ob der überhaupt noch in mich reinpasst.«

»Aber natürlich«, entgegnete die kleine Lea. »Du bist sooo dünn. Eigentlich könntest du Model sein.«

Pat biss sich auf die Unterlippe. Während des Essens war natürlich die Frage aufgekommen, was sie beruflich tat. Spontan hatte sie sich für eine Notlüge entschieden und gesagt, sie wäre Mode-Fotografin. So konnte sie in ihrem Metier bleiben, ohne preiszugeben, was und wer sie wirklich war.

Auch Linda hatte von sich erzählt. Dass sie in Kopenhagen geboren wurde und seit vier Jahren in Berlin lebte, wo sie auch Patrick kennengelernt habe.

»Selbst eine Millionenmetropole wie Berlin schrumpft eben manchmal auf die Größe eines Schuhkartons«, hatte Patrick geäußert, war während des Essens ansonsten aber eher einsilbig geblieben.

Und jetzt stand er hinter ihr. Größer als sie, obwohl Pat einen Meter achtundsiebzig groß war und High Heels trug.

Er muss mindestens eins neunzig sein.

Seine Nähe machte sie nervös. Sie drehte sich um und schlüpfte neben ihm durch den Türrahmen der Küche. Dabei atmete sie seinen Geruch ein.

Verdammt, warum riecht der Kerl nur so gut?!

Sie musste auf andere Gedanken kommen. So ging das nicht weiter. Also lief Pat zurück zum Esstisch und sammelte das restliche Geschirr ein.

»Patty, hilfst du bitte unserem Gast. Es kann doch wohl nicht sein, dass Patrizia alles allein aufräumt.«

Und da war er wieder. Dicht neben ihr. Er hatte die Ärmel seines Hemdes nach oben gekrempelt und präsentierte Pat starke Unterarme mit kräftigen Venen und nicht zu viel Behaarung. *Perfekt!*

Nachdem er ihr das restliche Geschirr abgenommen und in die Küche getragen hatte, kam Patrick nun wieder auf sie zu. Er stellte sich hinter sie. Seine Hand glitt über ihre Hüfte, verharrte dort einen Augenblick und wanderte dann weiter …

Was tut er da?

Blitzschnell steckte er etwas in ihre Hosentasche. Dabei hauchte er ihr einen Kuss auf den Nacken.

Gänsehaut überzog wie plötzlich eintretender Raureif ihren Körper. Wobei dieser in Sekundenschnelle dahingeschmolzen wäre – so wie Pat, die dem unverschämten Kerl mit offenem Mund hinterherstarrte.

Er hatte sie stehengelassen. Einfach so. Öffnete jetzt die Terrassentür und zündete sich eine Zigarette an.

Eigentlich mochte sie keine Männer, die rauchten. Aber wie er so dastand, vor dem goldenen

Horizont eines dänischen Sonnenuntergangs … Irgendwie sah er gerade aus wie ein Cowboy – wild und verwegen, potent und einsam.

Pats Atem ging schnell. Viel zu schnell. Am liebsten wäre sie aus dem Haus gerannt. Doch just in diesem Augenblick kamen Linda und Lea mit drei Tellern zurück, auf dem jeweils ein großes Stück Käsekuchen lag, das ganz offensichtlich Lea mit Himbeeren dekoriert hatte.

Sie konnte nicht gehen. Noch nicht!

Was denkt sich dieser Kerl? Er kann doch nicht einfach so mit mir flirten, mich berühren, mir den Atem rauben mit seinem unfassbar sinnlichen Duft, mich küssen …

Der Abdruck seiner Lippen brannte auf ihrem Nacken – heiß und unheilvoll.

Automatisch wanderten Pats Augen zu diesem Mann, der ganz offensichtlich ein Scheißkerl war. Mit bösen Jungs kannte sie sich aus.

»Der mag keinen Kuchen. Schön blöd.«

»Lea!«

Pats Kopf zuckte zurück zu der ehrlichen Tugendhaftigkeit am Tisch. Sie schaute zu Lea, die eine Grimasse zog, dann zu Linda, die sich für das freche Benehmen ihrer Tochter entschuldigte.

»Vor vier Jahren habt ihr euch also kennengelernt?«, fragte Pat und stopfte sich eine Himbeere in den Mund. Die weiche Frucht liebkoste ihre Zunge. Pat drückte sie an den Gaumen und zerquetschte die köstliche Versuchung.

»Ja, vor knapp vier Jahren. Es war Liebe auf den ersten Blick.«

Pat lächelte. Doch dieses Lächeln war nicht mehr ehrlich. Das Stück Käsekuchen blieb unberührt vor ihr stehen. Ihr Appetit war vergangen, als Linda von ihrem Patrick schwärmte. Wie stark er doch sei, wie erfolgreich in seinem Job als Architekt. Und wie er mit Lea umging, obwohl sie nicht seine leibliche Tochter war.

Pat wurde übel. Sie wartete ab, bis Linda ihren Monolog beendet hatte. Steif wie eine Puppe saß sie auf ihrem Stuhl, beobachtete Patrick, wie er von der Terrasse hereinkam, Lea über den Kopf streichelte, Linda einen Kuss auf die Stirn gab und schließlich in der Küche verschwand.

Wieder war da dieser Impuls, einfach aufzuspringen und das Weite zu suchen. Im Weglaufen hatte sie schließlich Erfahrung. Doch wie würde das aussehen, wenn sie wortlos aufsprang und hysterisch aus dem Haus lief.

Nein!

Sie war nicht Psycho-Pat, sondern Wonder-Pat – eine souveräne Frau, die fähig war, ein Tischgespräch zu führen, ohne gleich auszuflippen, weil der Herr des Hauses ein Sexgott war und seine Frau bereit, diese Tatsache bis ins kleinste Detail zu erläutern.

Linda kaute auf ihrem Käsekuchen und schaute mit einem verträumten Lächeln zu Pat, die jetzt unruhig auf ihrem Stuhl herumrutschte und versuchte, den Umstand zu ignorieren, dass ihr Höschen tatsächlich feucht war.

Reiß dich jetzt mal zusammen, du bist doch kein notgeiler Teenager! Wechsle das Thema und sprich mit dem Käsenkuchenweibchen über etwas Unverfängliches.

»Was machst du eigentlich beruflich, Linda?«

Ja, das ist gut. Job zieht immer. Hoffentlich hat Miss Apfelbäckchen überhaupt einen!

»Oh, ich bin Heilpraktikerin für Psychotherapie.«

»Aha.« *Super! Vom Regen in die Traufe, Pat.*

»Ja, das ist die typische Antwort, wenn man mich nach meinem Beruf fragt.« Linda lächelte.

Pat starrte auf das Stück Käsekuchen. Mit ihrer Frage hatte sie von ihrem feuchten Höschen ablenken wollen und sich stattdessen vom Regen in das nächste Fettnäpfchen katapultiert.

Wirklich super, Pat!

Therapeutin! Warum konnte Linda nicht einfach Friseurin oder Bankkauffrau oder Tierärztin sein? In Pats Hirn rotierte es wie in einem Teilchenbeschleuniger. Wie sollte sie nun das Thema noch einmal galant wechseln?

»Pat, alles in Ordnung mit dir? Du siehst plötzlich so blass aus.«

»Ähm, ja. Alles prima. Und wie bist du dazu gekommen, Heilpraktikerin für Psychotherapie zu werden? Was ist der Unterschied zwischen dir und einem klassischen Psychologen?«

Sollte Linda doch erzählen. So schlimm würde es wohl nicht werden. Pat schaute möglichst beiläufig auf ihre Armbanduhr und gab sich und Guru-Linda genau zwanzig Minuten.

Und Linda erzählte. Etwa zehn Minuten lang. Über ihr Psychologie-Studium, das sie wegen der kleinen Lea abgebrochen hatte. Über den Umzug von Eppelheim nach Berlin. Wie sie durch Leas Vater in dieses Kaff bei Heidelberg gekommen war und dann in Berlin ihren Patrick kennengelernt hatte.

Schon wieder Patrick!

Wo steckt er eigentlich?

Und als hätte er Pats Gedanken gehört, stand er wie auf Bestellung am Türrahmen der Küche. In der einen Hand drei kleine Gläser, in der anderen eine Flasche mit bernsteinfarbener Flüssigkeit.

»Na, Mädels, möchtet ihr auch einen Whiskey?«

Linda schüttelte den Kopf, noch bevor Patrick seine Frage ausgesprochen hatte. Natürlich tat sie das. Die Frau trank wahrscheinlich keinen Alkohol und wenn, dann nur Weißweinschorle.

Pat dachte einen Moment darüber nach, kam dann aber schnell zu dem Schluss, dass dieses Käsekuchenweibchen ganz gewiss niemals trank bis zum Verlust der Muttersprache. Nein, Pat konnte sich einfach nicht vorstellen, dass Linda mit ihren weizengelben Zöpfen in irgendeiner Weise über die Stränge schlug oder sich hemmungslos ... Verdammt! Jetzt hatte Pat Bilder im Kopf, die dort in keiner Weise hingehörten und absolut nicht hilfreich waren. Baumelnde Brüste und Baumwollschlüpfer ...

Scheiße!

»Pat, möchtest du einen Whiskey?«

Ihr Blick wanderte von Linda, die sie aufmerksam beobachtete, hin zu Patrick, der hinter seinem Käsekuchenweibchen süffisant grinste, als würde er genau wissen, was Pat dachte. Sie wischte die imaginären Baumwollschlüpfer beiseite und schaute ihn so emotionslos wie möglich an.

»Nein, danke.«

Komm zurück zum Thema, sofort!

»Und jetzt arbeitest du also in Berlin, ja? Hast du eine eigene Praxis?«

Während Linda davon berichtete, wie schwierig es gewesen war, die passenden Räumlichkeiten zu finden, verschwand Patrick wieder in der Küche, nur um zwei Sekunden später mit einem

Glas und der Whiskeyflasche an ihnen vorbeizugehen. Die gute Linda war so vertieft in ihre ausschweifenden Ausführungen, dass sie nicht mitbekam, wie dieser Inbegriff der Sinnlichkeit Pat ein schelmisches Zwinkern schenkte, bevor er hinaus auf die Terrasse trat. Lea, die Pat fast vergessen hatte, sprang nun auf und flitzte hinaus zu Patrick.

»Interessiert dich das denn wirklich?«

Pat, die gedankenverloren beobachtete, wie Lea sich auf Patricks Schoß setzte und an seine Brust kuschelte, nickte.

»Ja, klar«, log sie. Natürlich interessierte es sie nicht im Geringsten, in welchem Friedrichshainer Hinterhof die gute Linda ihren Jutebeutel hängte und Räucherstäbchen anzündete. Trotzdem wäre es jetzt mehr als unhöflich gewesen, einfach aufzustehen und zu gehen. Und während Linda weiter über ihren Job palaverte, überlegte Pat, wie sie diesem Gespräch zumindest den Hauch eines Interesses abgewinnen könnte.

»Sag mal, Linda, was genau therapierst du? Ich meine, welche Störungen haben deine Kunden?«

»Das ist ganz unterschiedlich. Die überwiegende Zahl kommt mit Stresssyndromen, Burnout, Depressionen ...«

»Aha. Auch Persönlichkeitsstörungen?«

»Selten. ADHS, ja. Manchmal auch PTBS, also posttraumatische Belastungsstörungen.«

»Und bipolare Störungen?«

»Nein – oder besser gesagt wäre das ein Fall für den klassischen Therapeuten. Du hast vorhin nach dem Unterschied gefragt. Wir Heilpraktiker für Psychotherapie dürfen zwar Diagnosen stellen und behandeln, die schweren Fälle wie affektive Störungen, Psychosen und so weiter unterliegen aber leider immer noch der Schulmedizin.«

»Was meinst du damit? Was machst du denn anders als ein klassischer Psychologe?«

»Nun, ich verschreibe keine Neuroleptika oder Antidepressiva.«

»Aha.« Pat schob den Teller mit dem unberührten Käsekuchen beiseite. Jetzt wurde es vielleicht doch noch interessant. »Und was verschreibst du?«

Linda lächelte, als hätte Pat eine sehr dumme Frage gestellt. Das Käsekuchenweibchen war jetzt in ihrem Element, das sah man ihr deutlich an.

»Nun, genau das ist der Unterschied zur klassischen Schulmedizin. Weißt du, Pat, jede psychische Störung hat letztlich eine Ursache. Manchmal ist es ein Stoffwechselproblem, mal liegt die Ursache in einem traumatischen Erlebnis. Wenn man nicht weiß, was eine Seele kaputt macht, kann man sie auch nicht heilen. Das wäre, als würde man einem Baum permanent die vertrockneten Blätter abschneiden, anstatt ihn zu gießen.«

Pat war nicht gut in Metaphorik und schaute Linda deshalb fragend an.

»Die Schulmedizin bekämpft leider immer noch allzu oft ausschließlich die Symptome und schießt dabei nicht selten mit Kanonen auf Spatzen. Psychopharmaka helfen natürlich vielen Menschen, nicht über die Maßen aus dem Gleichgewicht zu gelangen, aber sie machen eben weder gesund noch glücklich.«

»Glücklich …«, raunte Pat nachdenklich. Sie hatte Linda tatsächlich das erste Mal aufmerksam zugehört, driftete nun aber in ihre eigenen Gedanken ab. Glücklich wäre sie auch gern. Sie kannte nur Schulmediziner, klassische Therapeuten wie Doktor Müller, die mit ihrem Rezeptblock wedelten und ansonsten wenig taten.

»Warum interessiert dich das, Pat? Hast du Erfahrungen mit …«

»Nein«, antwortete sie viel zu schnell. Wieder ratterte es in ihrem Hirn, doch jetzt wollte Pat nicht das Thema wechseln, sondern lediglich eine Möglichkeit finden, mehr von Linda zu erfahren, ohne dabei selbst zum Thema zu werden.

»Ich habe eine Freundin, die an einer bipolaren Störung leidet. Sie ist weit entfernt von glücklich. Seit Jahren stopft sie diverse Medikamente in sich hinein.«

»Aha«, erwiderte nun Linda. »Ist die Diagnose denn eindeutig?«

»Keine Ahnung. Warum?«

»Nun, das ist wie bei ADHS. Verhaltensauffälligkeiten werden leider viel zu oft voreilig diagnostiziert und medikamentös behandelt. Die Behandlungszentren platzen aus allen Nähten. Du glaubst nicht, wie viele Kinder heutzutage mit Ritalin vollgestopft werden. Ich bin kein Freund davon. Was nimmt deine Freundin denn für Medikamente, weißt du das?«

Pat überlegte. Natürlich wusste sie genau, wie die vielen bunten Pillen hießen, die sie seit so vielen Jahren schluckte. Doch würde sie sich bestimmt verraten, wenn sie allzu versiert klang, weshalb sie sich für das Banalste entschied.

»Lithium. Meine Freundin nimmt Lithium.«

Linda nickte.

»Ja, das wird als Phasenprophylaktikum oft verwendet. Jedoch meistens in Verbindung mit Stimmungsstabilisatoren, also Antidepressiva, oder bei starker motorischer Unruhe auch initial mit Neuroleptika.«

Pat zuckte mit den Schultern und tat ahnungslos. »Was wäre, wenn meine Freundin nun zu dir käme und sagen würde, dass sie von der Schulmedizin die Nase voll hätte und deine Hilfe in Anspruch nehmen möchte?«

»Nun, ich würde als Erstes die Diagnose anzweifeln.«

Pat zog die Augenbrauen nach oben.

»Warum?«

»Wie gesagt, allzu oft kommt es im Eifer des Gefechts zu Fehldiagnosen. Das liegt nicht immer am behandelnden Arzt, sondern mindestens in gleichem Maße am Patienten. Erst kürzlich wurde eine Studie veröffentlicht, nach der in etwa sechzig Prozent der Fälle eine bipolare Störung differenzialdiagnostisch gar nicht berücksichtigt wurde. Die Chicago-Follow-up-Studie kam zu dem Ergebnis, dass die Hälfte aller ursprünglich als unipolar rezidivierend diagnostizierten Depressionen tatsächlich bipolare Störungen sind. Viele Betroffene suchen während der depressiven Phase Hilfe, was die Fehldiagnose begünstigt, andererseits wird die Manie nicht selten als Psychose bewertet.«

Jetzt musste Pat nicht mehr ahnungslos tun, sie verstand kein Wort. Linda bemerkte ihren fragenden Blick und sagte: »Kurzgesagt, nicht jede diagnostizierte affektive Störung ist auch tatsächlich eine. Die Psychologie des Menschen ist so komplex wie ein Puzzle mit dem Motiv einer Nebelwand.«

Pat nickte. Sie wollte eigentlich nur eine andere Meinung, doch jetzt war sie verwirrt.

»Okay. Und was ist nun dein Therapieansatz?«

»Eine gute Frage. Bisher hatte ich einen solch schwerwiegenden Fall noch nicht, abgesehen davon sind mir vonseiten der Institutionen die Hände gebunden.«

»Aber wenn jetzt jemand zu dir kommen würde, der von der Schulmedizin die Nase voll hat und auf alternative Methoden zurückgreifen möchte. Was ...?«

»Ein heikles Thema. Ehrlich gesagt ...«

Pat wurde langsam ungeduldig. Die liebe Linda war nicht gerade ein Pionier auf ihrem Gebiet. Dennoch bohrte sie weiter. »Lass doch mal alle Vorschriften beiseite, so rein hypothetisch.«

»Nun, ich würde erst einmal raten, alle Medikamente abzusetzen, um die Störung in ihrer reinen Form analysieren zu können.«

»Das ist interessant. Und dann?«

»Moment, langsam! Das dauert einige Wochen und selbstverständlich müsste der Entzug stationär erfolgen. Selbst wenn deine Freundin nur Lithium nimmt, birgt das abrupte Absetzen eine große Gefahr.«

»Warum?«

»Weil es eine spontane Manie auslösen kann. Lithium darf nur schleichend abgesetzt werden. Alles andere wäre grob fahrlässig. Zudem sollte parallel mit der psychosozialen Therapie begonnen werden, bei der die Betroffenen lernen, die Symptome eben nicht zu bekämpfen, sondern anzunehmen und damit umzugehen. Dabei spielt das familiäre Umfeld eine entscheidende Rolle. Nicht selten finden sich hier sogar die Ursachen.«

Pat nickte und dachte an ihre übereifrige Mutter, die von Ursachen noch nie etwas wissen wollte. Ganz im Gegenteil!

Was, wenn ich zu den fünfzig Prozent gehöre? Doktor Müller hat noch nie in Erwägung gezogen, den Ursachen auf den Grund zu gehen, geschweige denn die Medikamente abzusetzen. Es könnte doch sein, dass ...

Ihr Magen krampfte sich bei dem Gedanken zusammen, dass die bipolare Störung eine Fehldiagnose sein könnte. Natürlich hatte sie Symptome – einen ganzen Sack voll. Und ganz sicher war sie nicht normal. Aber wenn es eine Möglichkeit gab, von den verhassten Pillen wegzukommen, dann …

Pat wurde übel. Über so viele Jahre hinweg hatte sie einem beschissenen Kinderpsychologen vertraut. Und ihrer Mutter, die stets großen Wert darauf legte, dass Pat regelmäßig bei Doktor Müller ihr Rezept abholte.

Psychosoziale Therapie. Pat kannte sämtliche zugelassenen Neuroleptika, Antidepressiva und Antiepileptika, die bereits Zwölfjährigen beim Verdacht auf affektive Störungen verabreicht wurden. Ihre Mutter hatte sich nie für die zahlreichen Nebenwirkungen interessiert. Es war ihr scheinbar egal, ob Pat an Nierenversagen oder einem Herzinfarkt starb – Hauptsache, sie war ruhiggestellt und passte in die Vorstellung einer vorzeigbaren Tochter.

Sie brauchte Luft, Abstand und definitiv etwas Härteres als Kaffee. Ihre Finger schmerzten. Erst jetzt fiel Pat auf, dass sie wahrscheinlich schon eine ganze Weile den Stoff ihrer Sweatpants festhielt, als würde ihr Leben davon abhängen. Die Terrassentür wurde geöffnet. Helles Kinderlachen strömte durch den Raum.

»Mama, darf ich fernsehen?«

Leas schlichte Frage überwältigte Pat. Auf einmal fühlte sie sich fehl am Platz, wie ein Störenfried. Hastig stand sie auf. Mit einem künstlichen Lächeln verabschiedete sie sich erst von Lea, die bereits die Fernbedienung in der Hand hatte, dann von Linda, der sie für das leckere Essen und den schönen Abend dankte.

Linda brachte sie zur Tür, umarmte sie und sagte, dass sie so glücklich sei, Pat kennengelernt zu haben.

Sie war so naiv.

* * *

Pat holte tief Luft, als sie in die Dämmerung trat. Nach diesem leckeren Essen hätte sie satt und zufrieden sein können. Aber das war sie nicht. Nein.

Sie war wütend. Wütend auf ihre Mutter, auf Doktor Müller, auf sich selbst und ihr beschissenes Leben. Und sie war wütend auf …

»Alles okay?«

… auf diesen Mann, der so unverschämt gut aussah und jetzt so unverschämt dicht neben ihr stand. Patrick hielt ihr sein Glas hin, in dem goldgelb der Whiskey darauf wartete, getrunken zu werden.

»Was willst du von mir?«

In der hereingebrochenen Dunkelheit war sein Gesicht kaum zu erkennen und doch sah sie sein Lächeln, das eine Spur Unsicherheit in sich trug. Wie gern würde sie jetzt in seine Arme fallen und davon träumen, geliebt zu werden, normal zu sein.

Doch sie war nicht normal. Sie war Psycho-Pat. Eine einsame Seele, für die es keine Hoffnung gab.

Scheiße!

Seufzend ließ sie Patrick stehen und stampfte wenig ladylike über den Rasen, vergrub die Hände in den Hosentaschen ihrer Sweatpants und fand schließlich das, was er ihr vorhin hineingesteckt hatte.

Verdammt!

Die letzten Meter rannte sie. Mit zitternden Fingern steckte sie den Schlüssel ins Schloss, öffnete die Tür, knallte sie zu und machte das Licht an. In ihrer Hand hielt sie einen Zettel. Seinen Zettel!

Wenn du mich heute willst,
dann lass deine Tür unverschlossen

… stand auf dem Stück Papier. Wie schön seine Handschrift war.

»Was denkt dieser Mistkerl?«

Fragend schaute sie hinüber und erschrak. In der hereinbrechenden Nacht sah sie seine Silhouette auf der Terrasse stehen. Etwas Rotes glomm auf. Er rauchte schon wieder.

War er doch nicht so cool? Doch nicht so ein Scheißkerl? War es Liebe auf den ersten Blick? So wie bei Linda?

Pats Faust knallte auf den Lichtschalter. »Oh nein, Mister. Nicht mit mir!«, flüsterte sie in die Dunkelheit. Doch ihr Körper sprach eine andere Sprache.

* * *

Sie schreckte aus dem Schlaf, als es an der Tür rüttelte. Ihr Herz raste von null auf hundert.

Natürlich hatte sie die Tür verschlossen. Sie war kein billiges Flittchen. Und sie war auch nicht dumm. Nein, nicht mehr!

Nachdem sie wütend ihre High Heels durchs Zimmer geschleudert hatte, war sie zum Kühlschrank gegangen und hatte sich die Flasche Wodka genommen, aus der sie sich im Laufe des Abends reichlich bediente.

Und bei dem Versuch, dieses Essen, das Gespräch mit Linda, ihre Zweifel und diesen Mann zu vergessen, hatte sie den Zettel angezündet und in den Kamin geworfen. Und jede Menge Holz hinterher. Wenig später war es so heiß im Haus geworden, dass sie sich bis auf Top und Slip aus den Klamotten geschält hatte, die nun überall auf dem Boden verstreut lagen.

Irgendwann war sie dann wohl eingeschlafen. Auf der Couch. Benebelt von einer halben Flasche

Wodka. Nicht mal die Vorhänge hatte sie zugezogen.

Mist!

Alles drehte sich, als sie jetzt von der Couch sprang. Doch es war zu spät. Patrick stand auf der anderen Seite des großen Panoramafensters und klopfte leise an die Scheibe.

Was sollte sie tun? Warum ging der Typ nicht einfach wieder. Was wollte er von ihr? Woher kam diese Vertrautheit?

Diese blauen Augen!

Wollte sie, dass er blieb? Sie jetzt und hier mit Haut und Haaren vernaschte? Sie fickte und dann zurück ins warme Bett seiner süßen Linda kroch, die nach Käsekuchen duftete?

Patricks Gesicht erschien hinter der Scheibe, sein Blick huschte über ihren Körper, über ihre nackten Beine, hinauf zu ihren Brüsten, die sich unter dem dünnen Stoff ihres Tops abzeichneten, und weiter zu ihrem Mund.

Sie lief zum Fenster. Stand jetzt genau an der Stelle, wo sie sich vor vier Tagen um dieselbe Uhrzeit selbst befriedigt hatte. Voller Sehnsucht nach einem richtigen Schwanz, einer starken Schulter, einer sanften Berührung.

All das könnte sie haben.

Jetzt und hier.

Sofort.

Sie musste nur die Tür öffnen.

Es war ganz leicht.

Seine Augen ruhten in ihren, gaben ihr Wärme und Sicherheit. Und noch etwas anderes war darin zu sehen. Leidenschaft.

Wie von selbst trugen ihre Füße sie zur Tür. Als wäre es völlig selbstverständlich, drehten ihre Finger den Schlüssel. Und als sei es tatsächlich einfach, öffnete sie die Tür.

Sie wartete auf seine Schritte. Auf das typische Klacken von Schuhsohlen auf den groben Holzplanken der Terrasse. Doch da war nichts.

Mit klopfendem Herzen beugte sie sich in die Nacht, spähte durch die Dunkelheit. Die Terrasse war leer. Irritiert schaute sie hinüber zum Nachbarhaus. Und da war er. Sie hatte nicht nur geträumt. Doch Patrick lief in die falsche Richtung, trat auf seine Terrasse und zündete sich dort eine Zigarette an.

Was sollte das?

Spielte er mit ihr?

* * *

Mit diesen und tausend weiteren Fragen im Kopf kroch sie zurück auf die Couch, kuschelte sich in die weiche Fleecedecke und lag noch lange wach. Obwohl sie sich dagegen wehrte, galten ihre Gedanken Patrick. Wie er nicht weggegangen, sondern zu ihr gekommen wäre. Wie er sie erst zärtlich, dann gierig geküsst hätte. Seine Hände auf ihren Brüsten, sein Mund auf ihrem Mund, ihrem Hals. Wie er jeden Zentimeter ihres Körpers mit seinen Küssen bedeckte und sich schließlich mit ihr vereinigte, sie ausfüllte und sowohl ihre Körper als auch ihre Seelen miteinander verband.

Doch es waren Pats Finger, die in ihr steckten, das pulsierende Fleisch rieben, bis sie irgendwann – an der Grenze zwischen Klarheit und Traum – laut stöhnend kam.

LIEBESRAUSCHEN

Der Tag war schon halb vorbei, als Pat erwachte. Es dauerte eine weitere Ewigkeit, bis sie es endlich schaffte, sich aufzuraffen. Ihr Schädel brummte.

Da war dieses Klingeln, das drohte, ihre Großhirnrinde zu sprengen. Müde schlurfte sie zum Esstisch und griff nach ihrem Handy. Der Name ›Alex‹ blinkte auf dem Display.

Doch noch bevor sie realisieren konnte, was in der letzten Nacht geschehen war, bevor sie unterscheiden konnte zwischen Traum und Wirklichkeit, erstarrte sie.

Das Auto stand nicht mehr auf dem Parkplatz vor dem Haus gegenüber. Der dunkelblaue Kleinbus war weg.

Das Klingeln zerrte an ihren Nerven. Nein, sie konnte jetzt nicht mit ihrem Bruder telefonieren. Ihr Daumen presste sich wie von selbst auf das rote Hörersymbol. Achtlos warf sie das Smartphone zurück auf den Tisch und starrte hinüber zu dem Haus, das plötzlich verlassen wirkte.

Ihr Atem ging stoßweise. Ihr Herz hämmerte gegen ihre Brust. Tausend Gefühle stürzten auf sie ein. Sie keuchte, rang nach Luft.

Dann drehte sie sich um, stolperte über ihre High Heels, die immer noch neben ihren verstreuten Sachen auf dem Boden lagen.

Wenn du mich heute willst, dann lass deine Tür unverschlossen.

Die Worte hallten durch ihren brummenden Schädel. SEINE Worte!

Auch jene, die er gestern zu ihr gesagt hatte.

Es freut mich wirklich, dich wiederzusehen.

Wer war dieser ...

Patrick!

Diese blauen Augen ...

Wieder zuckte etwas in ihrem Unterbewusstsein. Eine Erinnerung – tief vergraben – drängte sich an die Oberfläche.

Nein! Das konnte nicht sein. Zufälle gab es nicht.

Sie musste hier raus. Sofort!

Hektisch lief sie ins Schlafzimmer, schlüpfte in Jogginghosen, Sweatshirt und Socken. Dann marschierte sie zurück, sprang über ihre High Heels und die Bluse mit dem Blumenmotiv. Immer noch nach Luft schnappend, riss sie ihren Anorak vom Haken, zog den Schlüssel aus dem Schloss der Tür, die sie jetzt von außen verriegelte.

Und dann rannte sie los.

* * *

Als wäre der Teufel höchstpersönlich hinter ihr her, lief sie die schmale Straße entlang. Ignorierte zwei Spaziergänger, die sie verwirrt anschauten. Wahrscheinlich sah sie zum Fürchten aus.

Im Laufen wischte sie sich Tränen aus den Augen, die schwarz waren vom Mascara und dem Make-up, das sie gestern so sorgfältig aufgetragen hatte. Für ihn.

Du bist so dumm. Schmutzig, billig und dumm!

Da waren sie wieder, diese wohlvertrauten Worte aus dem dunklen Teil ihrer Seele. Diese Worte, die Pat so sehr hasste.

Sie rannte weiter. Die Straße entlang, dem Meer entgegen, das rauschend nach ihr rief. Mit letzter Kraft erklomm sie die Düne, stürzte fast, als sie über die großen Steine sprang. Doch sie schaffte es bis zum Wasser. Gierig sog sie die frische Seeluft in ihre brennenden Lungen. Ihr war schwindlig, trotzdem beugte sie sich nach vorn, stützte ihre Hände auf die Knie. Sie waren weich wie Pudding.

Und so stand sie eine Weile einfach nur da, beobachtete die Wellen, deren salziges Wasser Stück für Stück das Land eroberte und bei jeder Woge ein bisschen mehr von ihren Sneakers umspülte.

Vielleicht sollte ich mich jetzt und sofort hineinstürzen. Hinein ins kalte Wasser. Untertauchen und dem Elend endlich ein Ende bereiten.

Doch noch bevor sie den nunmehr schon vertrauten Gedanken an einen Freitod weiterspinnen konnte, regte sich etwas in ihrem rechten Blickfeld. Da war jemand.

Scheiße!

Wer brauchte schon Zuschauer beim jämmerlichen Selbstmord in den Fluten?

Seufzend richtete sie sich auf, darum bemüht, einen halbwegs normalen Eindruck zu machen. Unauffällig wischte sie sich die verschmierte Wimperntusche unter den Augen weg und setzte ein strahlendes Lächeln auf, als würde sie tatsächlich Freude an dem haben, was sie tat.

Und mit diesem Lächeln wendete sie den Kopf zu dem Mann, der rechts von ihr am Ufer der Ostsee entlangschlenderte.

Ihre Blicke trafen sich.

Nein! Das konnte nicht sein. Ihr Herz setzte einen Takt aus. Dann noch einen. Und dann holte sie Luft und machte den ersten Schritt.

Einen zweiten, dritten ...

Patrick tat es ihr gleich. Erst zögerlich, dann schneller. Schließlich rannte er auf sie zu, schloss sie in seine Arme und ließ ihr keine Zeit zum Luftholen. Stürmisch fanden seine Lippen ihre, die sich jetzt öffneten, um seine Zunge willkommen zu heißen.

Ihre Körper verschmolzen zu einem. Trotzten dem Wind und der Kälte. Er öffnete ihren Anorak, glitt mit einer Hand unter ihr Sweatshirt, während die andere ihren zitternden Leib an seinen presste.

Patricks Finger waren eiskalt und brannten dennoch wie Feuer, als sie Pats Haut erreichten. Immer noch im Kuss verbunden, massierte er ihre Brust, ihren harten Nippel, der sich seiner Berührung entgegenreckte.

Er löste sich von ihren Lippen. Sie japste nach Luft, als er an ihrem Ohrläppchen saugte. Ein lustvolles Stöhnen bäumte sich in ihrer Kehle auf, während seine Hand in ihr Höschen schlüpfte. Wie eine Puppe hing sie in seinem Arm. Zart und hilflos gegenüber seiner Kraft und jener Leidenschaft, von der sie in der letzten Nacht geträumt hatte.

Und dann fand das Stöhnen seinen Weg hinaus aus ihrer Kehle, als seine Finger in sie eindrangen. Rhythmisch bewegte sich ihr Becken wie von selbst. Ein stetiges Hin und Her – gleich den Wellen des Meeres, die stumme Zeugen dieses leidenschaftlichen Liebesspiels waren.

Nur bewegte Pat sich jetzt schneller, nicht mehr im Rhythmus der rauschenden Wellen, sondern im Takt ihres laut hämmernden Herzens. Sie suchte seine wunderschönen Lippen, fand seine Zunge, die gierig in ihren Mund stieß. Ja, sie wollte ihn in sich spüren. Groß und hart. Nur dieser eine Gedanke tobte jetzt in ihrem Kopf, während seine Finger sie zum Höhepunkt trieben.

Sie schrie, als es heiß in ihr explodierte. Zitternd krallte sie sich an seinen starken Körper, genoss die Wogen des Glücks, die Flut der Endorphine, die jetzt durch ihre Adern raste.

Wie lange war es her, dass sie sich einem Mann so hemmungslos hingegeben hatte? Wie lange war es her, dass ...

Scheiße!

Ein neuer Gedanke blitzte durch ihren Verstand, der nur mühsam die Kontrolle zurückeroberte.

Wie lange war es her, dass sie ihre Medikamente genommen hatte? Drei Mal täglich piepte ihr Handy. Wo war ihr Handy? Hatte sie gestern Abend? Zu der halben Flasche Wodka? Und heute Morgen? Nein, sie war erst mittags aufgewacht. Wie konnte sie nur so viel saufen!

Und was tat sie hier? Wie konnte sie sich in aller Öffentlichkeit von diesem Mann befummeln lassen, der doch eigentlich mit seiner Frau ...?

Warum war er überhaupt hier?

Wer war er?

War er IHR Patrick?

Fragend sah sie ihn an, als wäre er ein Fremder. Als wäre all das nicht passiert. Als würden seine Finger nicht immer noch warm und verlangend in ihr stecken. Als hätte sie sich nicht erst vor einer Minute nichts sehnlicher gewünscht, als ihn groß und hart in sich zu spüren. Als hätte die Vergangenheit nie existiert.

Aber zu welchem Preis? Wie groß würde der Kater sein, nachdem der Liebesrausch verklungen war? Wie groß der Schmerz, wenn er sie verließ, obwohl sie doch niemals zusammen waren. Nicht zusammen sein könnten ...

»Wo ist Linda?«

Seine Augen waren so schön. Das Meer, der Himmel waren nichts im Vergleich zu diesem Blau. Was würde sein, wenn Linda ihn verlassen hatte. Konnte das sein? Wäre er dann frei? Frei für sie?

»Einkaufen.«

Ein Wort. Ein einziges Wort konnte einen Traum zerstören, eine Banalität die Hoffnung im Keim ersticken.

Ruckartig löste sich Pat von ihm, zog seine Hand aus ihrer Hose. Wortlos schüttelte sie den Kopf, drehte sich um und lief.

* * *

Keuchend stürzte sie ins Haus, verschloss die Tür und brach schluchzend zusammen.

Mehrfach atmete sie tief ein und aus, bis sich ihr Herzschlag beruhigte. Dann zog sie ihre Jacke aus, hängte sie an den Haken neben der Tür. Mit jedem Atemzug rang sie nach Fassung. Nach Normalität.

Sie brauchte Ruhe. Mühsam schleppte sie sich ins Schlafzimmer und nahm die Dose mit dem Rosenmuster vom Nachttisch. Welche Tabletten sollte sie nehmen? Was war die richtige Dosis? Wie viel Chemie brachte ihr diese Normalität? Was war das überhaupt: *Normalität*?

Sie schluckte zwei. Die doppelte Dröhnung Stabilisatoren. Verschwitzt wie sie war, legte sich Pat auf ihr Bett, zog die dicke Daunendecke über sich und wartete auf die Wirkung der Psychopharmaka.

Sie trug immer noch die Jogginghose und den Slip, der feucht zwischen ihren Beinen klebte. Und auch das Sweatshirt, das nach ihrem Schweiß roch, nach Meer und nach ihm.

* * *

Ein lautes Klopfen ließ sie zusammenzucken. Schlagartig öffnete sie die Augen, obwohl ihre Lider schwer waren wie Blei.

TOCK TOCK …

Es klopfte wieder. Kraftlos erhob sie sich und schlurfte durch den Flur, als es ein drittes Mal klopfte.

Sie ging am Bad vorbei, passierte die Küchenzeile und öffnete die Tür zur Terrasse. Die späte Nachmittagssonne blendete sie und etwas Buntes brannte in ihren Augen.

»Ich war mit Mama einkaufen. Und die habe ich nur für dich ausgesucht, damit du nicht mehr so traurig bist.«

Leas Plappern versetzte Pat einen Stich. Mitten ins Herz. Das freundliche Lächeln der Kleinen, die strahlendgelben Narzissen, die sie wie eine Trophäe hochhielt ... all die kindliche Unschuld dieses Mädchens waren zu viel für Pat.

Und doch gelang es ihr, die Schuldgefühle herunterzuschlucken, die Erinnerungen zu verbannen – wie sie es immer tat.

»Mama schickt mich. Sie fragt, ob du mit uns Käsekuchen essen willst. Die Himbeeren sind alle, aber Mama kocht Kaffee. Und, willst du?«

Wie konnte Pat da Nein sagen? Die Kleine war zuckersüß in ihrem pinkfarbenen Plüschpullover und den farblich passenden Gummistiefeln über der roten Leggings.

»Sag deiner Mama, dass ich in zehn Minuten bei euch bin. Okay?«

Lea strahlte über beide Apfelbäckchen und überreichte ihr die Blumen. Pat schenkte dem Mädchen ein Lächeln, das tatsächlich von Herzen kam. Sie lächelte immer noch, als die Kleine schon längst wieder im Haus ihrer Mama verschwunden war. Im Haus von IHM.

»Gottverfluchte Scheiße!«, flüsterte Pat, schloss die Terrassentür, knallte die Blumen in die Spüle und lief ins Bad.

Warum habe ich nicht Nein gesagt. Ich kann da jetzt nicht rübergehen, Linda in die verträumten Augen sehen und so tun, als wäre alles in bester Ordnung.

Wütend schaute sie in ihr Spiegelbild. Die kleine Lea war so herzzerreißend süß. Natürlich hätte Pat dem Mädchen nicht die Tür vor der Nase zuschlagen können. Pat war durchgeknallt, aber keine blöde Kuh.

Und wie du eine blöde Kuh bist. Drängst dich in das Leben dieser Familie. Du bist eine Fremde, Pat!

War sie das? War sie das wirklich? Falls ihre Vermutung stimmte, kannte sie Patrick weitaus länger, als Linda es tat.

Falls!

Obwohl die stabilisierenden Medikamente ihr Hirn weich machten, stand ihre Entscheidung fest. Sie würde der Sache auf den Grund gehen.

Würde herausfinden, ob dieser Patrick tatsächlich IHR Patrick war. Und wenn, dann hätte sie noch eine Rechnung mit ihm offen.

Er wollte spielen? Okay, dann würden sie spielen …

In Windeseile zog sich Pat um, putzte sich die Zähne, band ihre Haare zu einem Pferdeschwanz und lief in Jeans und einem leichten Pulli hinüber zu Lea und Linda, die sie mit Käsekuchen und duftendem Kaffee empfingen.

Und trotz all der Last auf ihrem Herzen, der Unsicherheit, den Schuldgefühlen, den Erinnerungen an seine Lippen und seinen Duft war es Pat möglich, mit jener Frau einen friedlichen Nachmittag zu verbringen. Mit der Frau, die sie sowohl mochte als auch verachtete.

Natürlich war es Pat möglich. Denn sie war perfekt trainiert, wenn es um das Verdrängen von Schmerz und unliebsamen Erinnerungen ging. Und sie war ein Profi in der Darstellung eines schillernden Wesens, das die Menschen bewunderten.

Und so schaffte sie es auch, die Fassung zu bewahren, als Patrick zurückkehrte.

KÄSEKUCHEN

Draußen war es bereits dunkel, als er kam. Es regnete seit etwa dreißig Minuten. Pat wusste das so genau, weil ihr Blick immer wieder zur Uhr an der Wand des Wohnzimmers geschweift war, wo sie mit Linda die letzten Stunden gesessen hatte. Der Kuchen hatte geschmeckt. Doch nun war der Kloß in ihrem Hals wieder da.

Patrick kam über die Terrasse. Vor der Tür zog er seine nasse Jacke aus und schüttelte sein nasses Haar. Was hatte er in den vergangenen Stunden getan? Warum war seine Hose trocken? Wenn er die letzte halbe Stunde draußen verbracht hätte, müsste er nass bis auf die Haut sein. Es regnete in Strömen! Wo war er gewesen?

Pat beobachtete ihn. Genau wie Linda, die wieder ihren tränenrührenden Schmalzblick aufgesetzt hatte. Diese Frau war so verflucht blind. Oder steckte vielleicht mehr dahinter?

Wieder schaute Pat zu diesem hochgewachsenen wunderschönen Mann, dessen Lippen sie so verdammt heiß geküsst, dessen Finger vor nicht allzu langer Zeit in ihr gesteckt hatten.

Er ignorierte sie, als er hereinkam. Kein ›Hallo‹, kein ›Wie geht's?‹, nichts. Seine Lippen hauchten Linda einen Kuss auf die Wange.

Pat hielt den Atem an. Sie war eifersüchtig. Natürlich war sie das. Nachdem, was zwischen ihnen passiert war. Und sie wollte mehr. Viel mehr!

Ihre Libido erwachte, kaum dass dieser Mann in ihrer Nähe war. Dieser Mann, der sich jetzt den trockenen Pullover samt T-Shirt über den Kopf zog. Warum tat er das? Um den Anschein zu erwecken, dass seine Klamotten vom Regen trieften? Oder wollte er Pat reizen? War es für ihn eine Art Spiel?

Weshalb war er nicht nass bis auf diese verflucht hinreißende Haut? Sein Rücken war glatt und schön ... das Spiel seiner Schulterblätter, als er die Arme senkte ... seine schmale Hüfte, die Beckenknochen, welche sich über dem Bund seiner Hose abzeichneten ... Wie gern würde sie ihn jetzt berühren, seinen Körper erforschen, seinen Duft inhalieren, ihn küssen und ...

Er schaute nach oben, strich das feuchte Haar zurück. Sein Blick traf sie, durchbohrte ihr Herz wie ein Torpedo. Regenwasser tropfte auf seinen nackten Oberkörper. Noch immer waren seine wunderschönen Augen auf sie gerichtet. Ein Lächeln bildete sich auf seinem Gesicht, das Pat nicht ergründen konnte.

»Möchtest du noch ein Stück Kuchen oder vielleicht lieber ein Glas Wein?«, fragte Linda, die wie ein Störenfried zwischen ihnen saß.

Pats Augen wanderten von Patrick zu seiner Frau, dann auf den Tisch, auf ihren Teller. Sie konzentrierte sich auf die verbliebenen Krümel des köstlichen Käsekuchens, der nun wie ein Sack Zement in ihrem Magen klebte.

Linda hatte sich von ihr abgewendet, schaute ihrem Mann nach. IHREM Mann!

Sie weiß es.

Pat hatte genug. Keine Sekunde länger konnte sie dieses Schauspiel ertragen. Patrick war im Schlafzimmer verschwunden, unterhielt sich dort mit der kleinen Lea. Der passende Zeitpunkt, hier endlich zu verschwinden und nie wiederzukommen. Sie musste sich befreien von diesem Mistkerl.

Wolltest du nicht spielen, Pat?

Die Frage dröhnte in ihrem Kopf. Noch vor zwei Stunden hatte sie den Entschluss gefasst, mit ihm zu spielen. Wollte herausfinden, was er von ihr wollte.

»Linda, ich werde jetzt gehen. Vielen lieben Dank für den köstlichen Kuchen und das nette Gespräch.«

»Oh, das ist aber schade. Es hat mir sehr viel Spaß gemacht. Vielleicht treffen wir uns morgen wieder. Was meinst du? Ein schöner Spaziergang am Strand. Patty scheint ja ganz vernarrt in diese Gegend zu sein, solange wie er weg war.«

Dieses blinde, dumme Huhn!, dachte Pat und setzte ihr einstudiertes Lächeln auf. »Ja, vielleicht machen wir das«, war alles, was sie hervorquetschen konnte, ohne den Sack Käsekuchen-Zement direkt vor Lindas Füße zu kotzen. Diese Frau beherrschte das Verdrängen noch besser als Pat. Es konnte doch nicht sein, dass ihr Pats schmachtender Blick, Patricks Benehmen und dieses berühmte Knistern in der hormongeschwängerten Luft entgangen war. Oder hatte sie einfach nur Routine darin, die Marotten ihres Mannes zu ertragen? Im Grunde wusste Pat nichts über sie oder ihn. Es war durchaus möglich, dass Patrick bereits diverse Gelegenheiten genutzt hatte, seine Zunge ... seine Finger ... seinen Schwanz in andere Frauen zu stecken.

Allein der Gedanke an ihn löste ein Kribbeln in ihrem Unterleib aus. Der Gedanke, dass er jetzt halbnackt in diesem Schlafzimmer ...

»Pat, alles okay?«

»Äh, ja. Der Strand ist toll. Bis dann ...«, nuschelte Pat und verschwand über die Terrasse.

***

Keine Sekunde länger. Nein! Niemals würde sie noch einmal einen Fuß in dieses Haus setzen. Sie würde nicht daran schuld sein, wenn diese Familie zerbrach.

Welche Familie? Die des Sexgottes und seinem hörigen Wenn-ich-nicht-hinschaue-ist-es-auch-nicht-passiert-Käsekuchen-Weibchen?

Pat rannte durch den Regen. Niemand sah ihre Tränen, die heiß auf ihren Wangen brannten. Es hörte auch niemand ihr Schluchzen, als sie in ihrem Haus verschwand.

Was sollte sie nur tun? Immer wenn sie die Augen schloss, sah sie seinen nackten Rücken, sein Gesicht ganz nah vor ihrem, spürte seinen Körper, seine Zunge, roch seinen Duft, seinen heißen Atem ...

Linda war ihr scheißegal. Pat hatte noch nie auf andere Frauen Rücksicht genommen. Wie auch? Seit sie fünfzehn war, wurde ihr Leben durch Konkurrenz bestimmt. Weibliche Konkurrenz. Frauen konnten zu Furien werden, wenn es um eine Existenz ging, die sie sich hart erarbeiteten. Glanz und Gloria hatte eben seinen Preis. Und auch Pat war nie zimperlich gewesen, wenn es darum gegangen war, eine Mitbewerberin beim Casting auszustechen. In der Branche der Beautys war längst nicht alles nur schön. Und deshalb ging es Pat am knackigen Arsch vorbei, ob irgendwelche Weiber heulten, wenn sich ihre Männer woanders vergnügten. Das war die Welt der Erwachsenen. Ein Dschungel!

Sie hatte es mit so vielen Männern getrieben – ohne sich dafür zu interessieren, ob da zu Hause eine Frau wartete. Warum auch? Mit keinem ihrer Liebhaber hatte sie viel gesprochen, schon gar nicht über ihren privaten Background. Sie war eine Diva, ein Star – keine Therapeutin. Warum hätte sie mit einem Mann über seine Familie sprechen sollen, während er mit ihr Champagner trank, sie mit seinen Blicken auszog, sie fickte.

Nein. Da war kein Alltag gewesen in ihrem Leben, das aus Blitzlichtgewitter, Alkohol und Sex bestand. Keine Normalität.

Aber Lea? Die kleine unschuldige Lea hatte das nicht verdient. Während ihres Gespräches am Nachmittag hatte Pat erfahren, dass Leas Vater starb, als die Kleine gerade auf der Welt war. Ihre heile Welt bestand aus Linda und Patrick. Mama und Papa. Und auch wenn das Mädchen ihn nicht so nannte, wusste Pat doch, dass er diese Rolle übernommen hatte. Vor vier Jahren. Seitdem er mit Linda zusammen war.

Sollte sie diesem kleinen Mädchen jetzt den Vater nehmen, nur weil er ein guter Fick war?

Nein! Hätte Pat ein Auto gehabt, wäre sie auf und davon. Weg von der Versuchung, von diesem Mann, der ihr den Atem raubte.

Aber so …?

Blieb also nur die Flucht in eine andere Welt. Davon verstand Pat etwas. Entweder stand sie im Licht oder sie verkroch sich in den Schatten. Schwarz oder Weiß. Weiß oder Schwarz. Manie oder Depression. Mehr kannte sie nicht.

Sie zog die regennassen Klamotten aus, warf sie ins Bad und lief nackt zurück ins Wohnzimmer, wo sie die schweren Gardinen vor die großen Panoramafenster zog.

Sie hatte genügend Tabletten und Alkohol im Haus, um die nächsten Tage zu überstehen. Vielleicht würden die drei längst abgereist sein, wenn Pat aus ihrer Welt wieder auftauchte. Irgendwann …

Entschlossen öffnete sie die Tür des Kühlschranks und suchte den Wodka. Am Tag zuvor hatte sie ihn pur getrunken, heute war ihr nach ihrem Lieblingstopping. Im Gefrierschrank kramte sie nach der passenden Dose, riss einige

Deckel umsonst von den gefrorenen Plastikschalen und fand schließlich, wonach sie suchte.

Ein gelber Deckel. Natürlich!

Trotz ihrer Wut bildete sich ein Lächeln auf ihrem Gesicht. Alex war in Sachen Pedanterie in nichts zu übertreffen. In der Tupperdose mit dem gelben Deckel lagen feinsäuberlich geschnittene und fachmännische eingefrorene Zitronenscheiben. Gelbe Schale – gelber Deckel. Und noch etwas war gelb. Ein Zettel klebte an der Unterseite des Plastikdeckels. Seufzend schüttelte Pat den Kopf, als sie las, was ihr Bruder geschrieben hatte:

Wenn du jetzt Wodka brauchst,
helfen dir meine Briefe.
Lies sie, Patty!
Und dann ruf mich an …
Dein Ritter Sonnenschein.

Alex kannte sie wie sich selbst. Die Verbundenheit von Zwillingen hatte etwas Magisches. Pat legte den Zettel zurück in die Dose, nahm zwei

Zitronenscheiben heraus und gab sie in ein großes Wasserglas. Dann goss sie Wodka darauf, holte noch ein paar Eiswürfel aus dem Gefrierschrank und genehmigte sich den ersten Schluck.

Sie schloss die Augen, spürte die Wärme des Alkohols und die Liebe ihres Bruders.

Eine Träne rollte einsam und still über ihre Wange, als sie aus dem Regal unter dem Fernseher den Pappkarton mit dem verblichenen Rosenmotiv hervorholte. Sie stellte das Wodkaglas auf den Esstisch, daneben den Karton, der die Briefe ihres Bruders enthielt. Zeugen der Vergangenheit. Lichtblick in einer Zeit, die Pat vergessen hatte, vergessen wollte. Doch niemand vermochte es, die Erinnerungen für immer unter dem Mantel des Vergessens zu verstecken. Sie drängten ans Licht.

Irgendwann.

Jetzt!

Immer wieder hatte Alex sie angefleht, sich diesen Erinnerungen zu stellen. Doch Pat war schwach, wollte nichts mehr wissen von jener Zeit, als sie fünfzehn und in der Jugendpsychiatrie eingesperrt war – vollgepumpt mit Medikamenten. Als Doktor Müller Tag für Tag auf sie einredete, ihre Mutter von Normalität faselte und ihrem sehnlichen Wunsch, dass Pat doch ein braves Mädchen sein solle.

Seit damals hatte sich nichts verändert. Pat war nicht normal. Pat war kein braves Mädchen. Sie fühlte sich gefangen in den Anforderungen ihrer Mutter, der Gesellschaft. Sie fühlte sich unverstanden, denn niemand interessierte sich für das Warum. Auch Pat nicht, die ihren einzigen Ausweg in der Flucht sah. Und sie war weit gekommen. Bis ganz nach oben – in eine Glitzerwelt der Oberflächlichkeiten.

Sie hatte ihre Wurzeln gekappt und einen Teil ihrer selbst zurückgelassen.

Wenn du nicht mehr weißt, wer du bist,
wird es Zeit, sich dem Schicksal zu stellen.

Alex hatte schon immer einen Hang zum Pathetischen. Pat las diese Zeilen, die ihr Bruder vor langer Zeit geschrieben hatte, und wusste auch heute nicht, was er damit meinte.

Welchem Schicksal sollte sie sich stellen? Was wusste Alex, was sie nicht wusste? Was wusste er, was die Ärzte nicht längst analysiert hatten?

Gedankenverloren überflog Pat die nächsten Zeilen des Briefes. Ganz unten stand ein P.S.

Doktor Müller ist nicht dein Freund!

Ihr Herz schlug schneller. Es kam ihr so vor, als würde sie diese Worte zum ersten Mal lesen. Warum war Doktor Müller nicht ihr Freund? Er war ihr Therapeut seit Kindertagen. Pats Mutter vertraute diesem Arzt. Er hatte sie behandelt.

Schon immer!

Verwirrt drehte Pat das Blatt Papier um. Es war abgegriffen, wies zahlreiche Knicke und Falten auf. Wahrscheinlich hatte sie den Brief damals zerknüllt und achtlos weggeworfen. Jetzt strich sie ihn behutsam glatt, strich über die handgemalten Verzierungen auf der Rückseite. Mit fünfzehn hatte sie die vielen Blümchen und Herzchen furchtbar kitschig gefunden. Wahrscheinlich hatte sie deshalb das zweite P.S. inmitten farbenfroher Blumenranken übersehen.

Erinnere dich!

... stand dort.

Woran? Woran sollte sie sich erinnern? Sie war kein verdammter Computer, dessen Festplatte man per Mausklick durchforsten konnte. Erinnerungen waren keine Dateien, die man nach Wunsch öffnen, schließen oder löschen konnte.

Erinnere dich!

Was meinte Alex damit? Warum musste er sich immer so kryptisch ausdrücken? Konnte er nicht einfach Tacheles reden?

Und wieder bäumte sich die Wut in Pat auf. Und die Hilflosigkeit. Niemand, der nicht in gleicher oder ähnlicher Situation war, konnte nachvollziehen, wie viel Kraft es kostete, sich selbst zu suchen. Und auch nicht die lähmende Angst davor, was passieren würde, wenn man sich fand.

Weinend kippte Pat den Rest des Wodkas in sich hinein. Der Alkohol würde nicht helfen. Das wusste sie. Nichts und niemand konnte ihr helfen – außer sie selbst. Während sie trank, starrte sie auf die dicken Vorhänge und durch den etwa handbreiten Spalt dazwischen. Draußen war es dunkel, es regnete immer noch. Sie stand auf, löschte das Licht und schaute zum Haus gegenüber. Sie sah einen Schatten, dann das rote Aufglimmen einer Zigarette.

Patrick!

Vielleicht hatte Alex recht. Vielleicht war es an der Zeit, sich der Vergangenheit zu stellen.

Pat wankte zur Tür. Der Alkohol tat seine Wirkung. Er löste nicht ihre Probleme, schenkte ihr aber für den Augenblick die nötige Kraft.

Als sie den feuchten Fußabtreter unter ihren Füßen spürte, bemerkte sie, dass sie nackt war. Der Schatten gegenüber bewegte sich.

Sie stürmte zurück ins Haus, zog wahllos Shirt und Jogginghose aus dem Kleiderschrank, schlüpfte hinein und lief hinaus in den Regen. Barfuß, binnen Sekunden war sie pitschnass.

»Was willst du von mir?«, spuckte sie ihm die Frage entgegen, konnte nicht anders.

Unbeeindruckt zog er an seiner Zigarette, blies den Rauch in die Nacht und trank von seinem Whiskey. Er musterte sie, sagte jedoch kein Wort.

»Gibst du mir auch eine?« Pat deutete auf die Schachtel, die neben ihm auf dem Terrassentisch lag. Stumm zündete er eine Zigarette an und reichte sie ihr. Gierig zog sie daran, das Nikotin paarte sich mit dem Alkohol in ihrem Blut. Ihr wurde schwindlig.

»Du willst also spielen, ja?«

Patrick trank, rauchte, fixierte ihre Brüste, die sich durch das regennasse Shirt abzeichneten. Pat spürte, wie ihre Nippel hart wurden. Unaufgefordert schlichen sich Gedanken in ihren Kopf, zuckten Blitze durch ihren Unterleib. Sie konnte so vieles verdrängen, aber nicht die Macht der Hormone.

Nicht jetzt!, rügte sie ihre Libido.

Warum sagte er nichts?

»Schläft Linda?«

Er nickte. Wenigstens eine Reaktion.

»Kennen wir uns?«, fragte Pat unsicher. Vielleicht konnte sie ihn so aus der Reserve locken.

Er lächelte. Mehr nicht.

Verzweiflung flammte in ihr auf. Wut!

»Was willst du von mir? Wer bist du?«

Er stellte sein Glas auf den Tisch, schaute sie an und legte einen Zeigefinger an seine Lippen.

Das reichte. Pat hatte genug.

Wütend stapfte sie durch den Regen – zurück in ihr Haus. Ein weiteres Mal zerrte sie sich die nassen Sachen vom Leib und warf sie zu den anderen ins Bad. Als sie zurück in die Küche gehen wollte, stockte ihr Atem.

Patrick stand vor ihr. Nur ein Schatten im nachtschwarzen Dunkel.

»Du hast dich kein bisschen verändert, Pat.«

Über ihre nackte Haut kroch ein eisiger Schauer.

»Du bist nur noch schöner geworden und noch einsamer.«

Pat versuchte zu atmen. Ihr Herz raste. War das möglich? Wie konnte er hier sein nach all der Zeit? Zufälle gab es nicht.

Oder doch?

Schon damals hatte er nicht viel gesagt. Sie nur geküsst, so wie jetzt.

Als wären sie wieder fünfzehn, nahm er Pats Gesicht in beide Hände und presste seine Lippen auf ihre.

Die Zeit stand still.

»Du wolltest damals mehr. Ich auch. Doch dann warst du verschwunden«, keuchte er die Worte in ihr Ohr, küsste ihren Hals, umarmte sie.

Pats Erinnerungen waren lückenhaft, doch als er sie erneut küsste, war sie plötzlich wieder fünfzehn, stand schüchtern in seinem Zimmer, sah ihn verzweifelt an, wie er am Schreibtisch saß und sagte: *Das ist nicht meine Freundin, sie will nur spielen.*

»Ich habe dich nie vergessen, Pat.« Er küsste sie, zog sie in seine Arme und wühlte in ihr Gefühle auf, die sie längst vergessen glaubte.

Warum jetzt?

Seine Hände wanderten über ihre Haut, die unter seiner Berührung vibrierte. Er drehte sie um, bis ihr Rücken an seinem Oberkörper lehnte.

Endlich!

Nichts war mehr wichtig. Nur noch seine Anwesenheit. Seine Vertrautheit. Seine Begierde.

Damals hatte er sie von sich gestoßen. Pat hatte ihn all die Jahre dafür verantwortlich gemacht, was danach geschehen war. Nachdem er sie erst heiß geküsst und dann eiskalt abserviert hatte.

Doch jetzt, in diesem Augenblick, da er seine Hose öffnete und ohne ein weiteres Wort von hinten in sie eindrang, war all das nicht mehr wichtig. Er wollte sie. Jetzt! Hatte sie schon immer gewollt.

Hart und dick spürte sie ihn in sich, seinen Atem, seine Hände, die ihre Hüfte hielten und seine Stöße abfingen. Sie brauchten kein Vorspiel, es hatte über zehn Jahre gedauert.

Seine Berührungen wurden fordernder, sein Keuchen lauter. Pat knallte beide Hände an die Tür des Kühlschranks, drückte die Arme durch, stemmte sich ihm entgegen, während Patrick in ihr versank.

Sie schrie vor Lust, vor Entsetzen, vor Freude, vor Angst ...

Was war das? Ein Traum?

Es fühlte sich gut an.

Richtig.

Irgendwie.

Anders!

Ihr Herz schlug schnell. Schneller als Patricks Schwanz in ihrem Innern.

War je ein Schwanz echt gewesen?

So echt und wahrhaftig wie die Liebe?

Er presste sie an sich, als er kam. Umfing sie mit seinem warmen Körper. Bewegte sich langsamer in ihr, küsste zärtlich ihren Nacken.

Pat schnappte nach Luft, Schweiß perlte von ihrer Stirn, gesellte sich zu den Tränen, für die es so viele Gründe gab. Schwer atmend nahm sie eine Hand vom Kühlschrank und wischte sich über das feuchte Gesicht.

»Ich muss gehen.«

»Ja, ich weiß.«

Und Patrick ging.

Wortlos.

Zurück in sein Leben, seine Realität.

Zurück in sein warmes Bett, zu Linda.

Zurück zu Kinderlachen und Käsekuchen.

ERINNERUNGEN

Patrick.

Er war es tatsächlich, oder? Pat glaubte nicht an Zufälle, an Schicksal, an Vorsehung. Sie hatte doch nicht einmal den nötigen Mut für die Hoffnung.

Patrick.

Sein Name löste etwas in ihr aus. Nicht nur aktuelle Gefühle, die seine Berührungen, sein Duft und die fehlenden Worte hinterließen. Etwas tief Verborgenes kitzelte in ihr, die Schatten der Vergangenheit strebten nach dem Licht der Erkenntnis.

Was war damals geschehen? Weshalb konnte sie sich nicht an die Zeit erinnern, als sie zu dem wurde, was sie heute war? Trug tatsächlich Patrick die Schuld an dem, was danach kam? War seine Ablehnung an jenem Tag der einzige Auslöser für ihre unermessliche Gier nach Anerkennung und Liebe?

Patrick.

Sie hatte im Laufe ihres Lebens einige Männer kennengelernt, die so hießen.

Natürlich!

Ein Allerweltsname.

Und doch war er anders.

Schon immer!

Seine blauen Augen. Die Art, wie er sie ansah. Und dieses Gefühl, die Kontrolle zu verlieren …

Wie viele Möglichkeiten würde sie wohl noch haben, mit dem realen Patrick zu sprechen? Könnte sie ihn einfach damit konfrontieren, mit dem Patrick aus der Vergangenheit?

Und wenn er es nicht war?

Was, wenn sie sich irrte?

Was, wenn nicht?

So viele Jahre hatte sie die Ereignisse jenes Abends verdrängt. Patrick, der sie nicht haben wollte. Die Jungs im Park, die sie haben wollten.

Doch zu welchem Preis?

Du bist schmutzig, billig und dumm!

Woher kamen diese Worte?

Irgendjemand musste sie doch zu ihr gesagt haben. Aber wer?

Ja, es war an der Zeit, sich zu erinnern.

Jetzt!

Pats Entschluss stand fest.

Alex wollte, dass sie sich erinnerte.

Linda hatte gesagt, dass mit dem Absetzen der Medikamente die Störung in ihrer reinen Form analysiert werden könnte.

Es waren genügend Schlaftabletten in Pats Vorrat, um die schlimmste Phase des Entzugs abzumildern. Zum Glück hatte sie in den USA keine Probleme gehabt, an die Barbiturate zu kommen, die in Deutschland längst verboten waren. Letztlich kam es wie bei allen wichtigen Dingen im Leben auf die richtige Dosierung an. Doch Pat hatte schließlich ausreichend Erfahrungen, weshalb sie nun auch sicher war, sich mithilfe dieser kleinen hübschen Tabletten zwar sedieren, aber eben nicht ausknocken zu können. Denn wenn sie den sprichwörtlichen Stecker zog, würde sie nicht träumen.

Sie brauchte einen Zustand der Schwerelosigkeit, der völligen Ruhe.

Jedenfalls glaubte sie das.

Und während sich Pat die halbvolle Flasche Wodka griff, im Schlafzimmer die Welt da draußen aussperrte, indem sie die Gardinen vor das Fenster zog, und sich mit einer wohldosierten Menge Pillen ins Nirwana schoss, drifteten ihre Gedanken zurück in jene Vergangenheit, die sie viel zu lange verdrängt hatte.

* * *

Sie war ein frühreifes Kind gewesen. Schon zeitig hatte sie ihre Periode bekommen. Sie reifte schnell. Zu schnell.

Ihre bipolare Störung war damals noch nicht diagnostiziert. Der Kinderpsychologe, ein Freund der Familie, tat ihre immer häufiger auftretenden depressiven Phasen als ›Schwermut‹ ab, die manche Kinder eben befällt, wenn sie in die Pubertät kommen. Auch für die manischen Phasen fand er eine ähnlich banale Erklärung. Selbst nach zahlreichen Besuchen in seiner Praxis beruhigte er Pats Eltern, vertröstete sie stets mit guten Worten und der Perspektive, dass alle Sorge unbegründet und die kleine Pat einfach ein schwieriges Mädchen sei, das eine harte Hand und Struktur benötige. Als das ›schwierige Mädchen‹ das erste Mal von der Polizei nach Hause gebracht wurde, fand Doktor Müller weitere Erklärungen, die vor allem Pats Mutter beruhigten. Der gute Ruf der Familie Fischer stand auf dem Spiel. Da war es eben leichter, Probleme in hübsch sortierte Schubladen zu stecken, als ihnen auf den Grund zu gehen.

Pat war fünfzehn damals. Man hatte sie sturzbetrunken und halbnackt im Stadtpark gefunden. Was vorgefallen war in jener Nacht, wusste sie nicht mehr. Oder sie wollte es nicht wissen. Denn die Realität war grausam genug. Ein halbes Jahr war sie in einer psychiatrischen Einrichtung gewesen. Weggesperrt vor den gierigen Händen der Jungs. Weggesperrt vor sich selbst. Alles wurde diskret erledigt. Ihre Eltern waren gut, wenn es darum ging, unliebsame Dinge unter den Teppich zu kehren. Ja, sie waren die perfekten Lehrer, was das Verdrängen anbelangte.

Doch das menschliche Gehirn funktionierte nun mal nicht auf Befehle oder gute Worte. In uns allen schlummert eine tickende Zeitbombe, und je mehr wir versuchen, die vermeintlich negativen Erfahrungen und Gedanken zu unterdrücken, desto größer ist die Chance, dass unser Unterbewusstsein eines Tages keine Lust mehr hat, den Dreck zu fressen, der uns genauso ausmacht wie all die guten Dinge, die wir denken und tun.

Schatten entsteht durch Licht. Und erst, wenn wir lernen, auch die dunkle Seite in uns zu akzeptieren, kann es uns gelingen, ein Leben in Harmonie zu führen.

Jedenfalls hatte sie das irgendwann in einem Buch gelesen. Doch von Harmonie war Pat nicht nur damals meilenweit entfernt. Die Kluft zwischen den Erwartungen ihrer Eltern und ihrem instabilen Wesen wurde zunehmend größer. Sie war doch schließlich zu einem artigen Mädchen erzogen worden, einer kleinen Prinzessin mit weißen Kleidchen und rosa Schleifchen in den perfekt frisierten Haaren. Welchen Grund sollte dieses Kind denn nun plötzlich haben, nicht mehr artig zu sein? Sie wurde doch stets mit viel Liebe bedacht. Einer Liebe, die alles andere als bedingungslos war.

* * *

Und während sich nun die erwachsene Pat im fernen Dänemark ins Bett kuschelte, den letzten Schluck Wodka trank und sich zwei leuchtend grüne Schaumstoffstöpsel in die Ohren stopfte, schwebten die Erinnerungen an damals durch ein winziges Loch in der ansonsten festen Mauer ihres Unterbewusstseins. Stück für Stück kam sie jener Zeit näher, in der alles begann …

Kurz nach ihrem zwölften Geburtstag hatte sie gespürt, dass mit ihrem Körper etwas passierte. Eines Nachts war da dieses Kribbeln zwischen ihren Beinen gewesen. Sie hatte etwas Schönes geträumt, und als sie aufwachte, fand sie ihre Hand ›da unten‹.

Am nächsten Morgen hatte Pat ihre Mutter gefragt, ob sie vielleicht krank sei, weil es ja auch im Hals kribbelte, bevor sich die alljährliche Mandelentzündung bemerkbar machte.

Doch ihre Mutter hatte nur stumm gelächelt und gesagt: ›Mein Kind, du wirst jetzt eine Frau.‹

Kurz darauf entdeckte Pat Blut in ihrem Schlüpfer und hatte geglaubt, dass dieses Kribbeln mit ihrer Periode zusammenhing. In der Schule hatten sie einiges über den weiblichen Körper, den monatlichen Zyklus und die Fortpflanzung zwischen Mann und Frau gelernt. Doch all das war eben nur Biologieunterricht. Etwas, das man auswendig lernen musste, um gute Zensuren zu bekommen. Ähnlich wie Englisch oder Mathe. Nichts Greifbares oder gar Reales, sondern eben nur Schule. Abstrakt und steril wie binomische Formeln und Adverbialbestimmungen.

Vielleicht konnte sie gerade deshalb absolut nichts mit der schwammigen Äußerung ihrer Mutter anfangen. Was sollte das bedeuten: *Mein Kind, du wirst jetzt eine Frau*?

Und dann kam das Kribbeln wieder. Nur ein paar Nächte später. Da ihr niemand erklären konnte, was mit ihr geschah, wollte sie der Sache eben selbst auf den Grund gehen. Im Laufe des folgenden Jahres erkundete sie ihren Körper. Fast jede Nacht untersuchte sie die Knospen ihrer reifenden Brüste, beobachtete das Wachstum des weichen Flaums an ihren Achseln, ihren Beinen und ihrer ›Mumu‹.

Schon bald stöberte sie heimlich im Internet und fand endlich praktische Darstellungen sowie detaillierte Beschreibungen des weiblichen und männlichen Körpers. Mit dreizehn wusste Pat alles über erogene Zonen, multiple Orgasmen und das Kamasutra. Und es waren nicht mehr nur die Nächte, in denen sie dem immer größer werdenden Drang nachgab, all das Gelernte am eigenen Körper zu erfahren. Bis sie fünfzehn war, hatte Pat ihn perfekt darauf trainiert, durch gezielte Berührungen die erlösende Befriedigung zu erlangen. Ihre Finger wussten genau, was sie taten, wenn sie ihre Brüste massierten, deren weiche Warzen sich sofort aufstellten, sobald sie nur daran dachte, wie schön es wäre, von einem Jungen so berührt zu werden.

Bis diese Sehnsucht eines Tages so machtvoll wurde, dass Pat mehr tat, als für ein artiges Mädchen gut war. Denn während ihre Klassenkameradinnen lediglich davon träumten, irgendwann den Richtigen zu treffen, mit dem sie dann ›schlafen‹ würden, war Pat hellwach und suchte nach einem passenden Jungen, mit dem sie spielen konnte.

Patrick.

Dieser seltsame Junge aus Pats Klasse. Er war still und in sich gekehrt. Durchaus klug, vielleicht sogar klüger als all die anderen Jungs – die mit den coolen Klamotten, den lässigen Sprüchen und tollen Hobbys. Nein, Patrick spielte kein Fußball, beteiligte sich nicht an Raufereien und dem üblichen Unsinn, den Teenager nun mal verzapften. Patrick war eben anders. Schon immer. Und eigentlich mochte Pat ihn genau deshalb, weil er anders und letztlich genauso schräg war wie sie.

Doch während Pat zu einer wahren Schönheit heranreifte, war Patrick mit seiner Brille, der Zahnspange, seinem schlaksigen Körper und den viel zu dünnen Armen kein attraktiver Junge. Und doch – oder vielleicht gerade deshalb – suchte Pat genau ihn aus.

Sie lud Patrick zu ihrem fünfzehnten Geburtstag ein. Es war eine tolle Party. Mit Torte und Kerzen, dem ersten Glas Sekt für die junge Dame und Punsch am Nachmittag für ihre Gäste, die wie immer zahlreich erschienen waren. Pats Eltern waren von jeher die absoluten Geburtstagstrendsetter, weshalb ihre Partys auch stets ein Garant für Spannung, Spiel und perfekten Spaß waren.

Patrick hatte an diesem Nachmittag stumm und scheinbar unbeteiligt am bunt gedeckten Tisch gesessen, während alle anderen Kids am Sing-Star-Wettbewerb teilnahmen, im Garten tanzten und bei Pats erster Modenschau lauthals kreischten. Pat hatte den schüchternen Jungen immer wieder beobachtet und einen Plan geschmiedet, wie sie mit ihm allein sein konnte.

Noch nie war es ihr schwergefallen, andere von etwas zu überzeugen. Und so brauchte es auch nicht viel, die Partygäste für ein neues Spiel zu begeistern. Ausschweifend erklärte sie den umstehenden Mädchen, dass die bei solchen Festen üblichen Geschenktüten nicht nur Süßkram enthielten, sondern tolle Music-CDs und schicke Klamotten. Die Mädchen klatschen kreischend in die Hände und blickten sich suchend um. Als Pat sagte, dass sie diese Tüten versteckt hätte und sie nun als Highlight der Party allesamt suchen müssten, liefen die Mädchen kichernd los. Alle, bis auf Patrick, der ganz offensichtlich als einziger wenig Gefallen an dem Spiel fand.

»Für dich habe ich eine ganz besondere Überraschung«, nahm sie jetzt all ihren Mut zusammen und trat neben ihn.

»Ach, echt? Ich dachte, ich bin hier nur der Quotengast. Warum hast du mich überhaupt eingeladen, Pat?«

Sie griff nach seiner Hand und zog ihn mit sich. »Ich mag dich. Und jetzt möchte ich dir gern etwas zeigen.«

Er stieß ihre Hand weg und verschränkte die Arme. »Ach, das ist doch Bullshit. Du lockst mich jetzt irgendwo hin und bringst mich dazu, etwas zu tun, worüber dann alle lachen. Stimmt's?«

»Du bist so klug, Patrick. Aber dein Selbstbewusstsein ist im Gegensatz zu deinem IQ wirklich unterirdisch. Warum eigentlich?«

Er schaute schüchtern zu Boden, stopfte seine Hände in die Hosentaschen und ... Bevor er etwas erwidern konnte, war Pat bei ihm, legte einen Finger auf seine Lippen und flüsterte: »Komm!«

Sein schmächtiger Körper versteifte sich. Pat spürte, dass ihre Berührung etwas mit ihm machte. Da war etwas in seinen Augen, in diesen wunderschönen blauen Augen. Und auch in ihr regte sich ein Gefühl, stärker als das nunmehr schon vertraute Kribbeln zwischen ihren Schenkeln. Sie wollte es wissen. Jetzt!

Wieder nahm sie seine Hand und dieses Mal ließ er sie gewähren, folgte ihr durch den Garten, in den Schatten eines alten Apfelbaums. Das wilde Treiben der übrigen Partygäste nahm Pat kaum noch war. Ihr Ziel rückte in greifbare Nähe. Sie lief schneller, zog Patrick hinter sich her bis zu jener Stelle, wo seine Überraschung auf ihn wartete. Am Fuße eines der Bäume stand eine blaue Papiertüte. Pat stellte sich breitbeinig darüber und lächelte. Noch immer hielt sie seine Hand, die sich warm und trotz seines schmächtigen Körpers stark anfühlte. Gedanken blitzten durch ihren Kopf. Was würde sie dafür geben, wenn er sie jetzt mit dieser Hand streichelte. Sie zog ihn näher, lehnte sich an die harte Rinde des Baumstammes und spielte mit seinen Fingern.

»Du hast schöne Hände.«

Patrick schaute stumm auf ihre Finger, die sich in den seinen verhakten. Sie wusste, dass ihm die Situation unangenehm war.

»Ich habe die Beta-Version des Videospiels, auf das gerade alle so heiß sind. Freust du dich?«

Er starrte sie ungläubig an.

»Du weißt schon. Mein Vater hat seine Kontakte spielen lassen. Du darfst es testen, bevor das Spiel auf den Markt kommt. Ist das nicht toll?«

Patrick zog seine Hand aus ihrer, hockte sich zwischen ihre Füße und kramte in der Papiertüte. Natürlich würde sie ihm es nicht leichtmachen. Pat hatte im Internet gelesen, dass Männer nichts langweiliger fanden als Frauen, die leicht zu haben waren. Nun war sie noch keine Frau und Patrick kein Mann. Doch sie war intelligent genug zu begreifen, dass dieses Spiel der Macht zahlreiche Facetten hatte. Es war eine Art Jagd, man legte einen Köder aus und wartete, bis die Beute in der Falle saß. Sie schloss die Augen und genoss, wie Patricks Haare an ihren nackten Schienbeinen kitzelten, während er aufgeregt in der Tüte kramte.

Er fand allerlei buntverpackte Süßigkeiten, eine Musik-CD und schließlich die Rohfassung des Handbuches zu besagtem Computerspiel sowie den Prototypen der Verpackung für das Speichermedium. Sie war leer.

Natürlich war sie das. Der USB-Stick steckte in ihrem Höschen.

»Wusste ich es doch, du willst mich nur verarschen«, kommentierte Patrick, der nun zu ihr nach oben schaute. Pats Blick senkte sich. Ihr kurzer Rock bauschte sich auf im Wind, der zunehmend stärker wurde. Gerade im richtigen Moment. Patricks Augen wurden groß, als er – immer noch am Boden hockend – etwas unter ihrem Rock entdeckte. Ruckartig sprang er auf. Ob aus Scham, Neugier oder Wut, konnte Pat so schnell nicht erahnen. Sein Gesicht war jetzt ganz nahe, fast berührten sich ihre Wangen, als er sagte: »Warum tust du das?«

Sie war verwirrt, hatte keine Ahnung, was er meinte. Sein warmer Atem streifte ihr Ohr, das Kribbeln wurde heftiger. Am liebsten hätte sie jetzt ihre Wange an seine geschmiegt, seine Wärme genossen. Eine unglaubliche Hitze ging von seinem Körper aus, der jetzt so dicht bei ihr war. Zum Greifen nahe. Aber sie wollte, dass er es tat. Freiwillig. Nicht wütend. Er sollte sich nicht verarscht fühlen, sondern mit ihr spielen.

»Freust du dich?«, fragte sie und biss sich nervös auf die Unterlippe.

»Was soll das, Pat? Die Packung ist leer!«

Wieder war da sein warmer Atem. Er roch immer noch nach der Torte, die sie vorhin gegessen hatten. Süß und cremig.

»Du willst das Spiel haben, stimmt's?«

Er nickte. Unsicherheit stand in seinem Gesicht, das einen schwachen Rosa-Ton angenommen hatte. Sanft streichelte sie über seinen Arm. »Nun, jedes Spiel hat seinen Preis, nicht wahr?«

»Pat, ich verstehe nicht, was du willst. Gibst du mir jetzt den Stick?«

Er war kein Junge, der wütend wurde. Kein Rabauke, kein cooler Kerl, sondern eben Patrick, der es gewohnt war, Probleme auf sachliche Weise zu klären. Nein, sie musste keine Angst haben, dass er aufbrausend reagierte, sie vielleicht sogar auslachte. Patrick war zielstrebig und lösungsorientiert ... und saß in ihrer süßen Falle.

»Nun, was sagte ich vorhin über die Spielregeln?«

»Dass die Geschenke versteckt wären, aber du hast mich selbst zu dieser Tüte hier geführt. Ich verstehe nicht ...«

Sie schaute eindringlich in seine Augen, hoffte auf seine Intelligenz, die außerordentliche Kombinationsgabe eines Forschers. Das Blau seiner Iriden verdunkelte sich. Er schob die Brille zurück auf die Nasenwurzel, räusperte sich.

»Sag mir, was du willst, Pat.«

»Du weißt es, du bist ein kluger Junge, der klügste, den ich kenne.«

Ein verlegenes Lächeln huschte über seine Lippen. Seine Lippen, die ...

»Nein!«

»Aber ich will doch nur, dass ...«

»Nein, Pat. Nicht so. Das ist Nötigung.«

»Was? Aber ich zwinge dich doch zu nichts. Außerdem ...«

»Oh, doch! Und weißt du was? Behalte den Stick. Er ist mir egal. DU bist mir egal.«

Das Kichern der Mädels wurde lauter, schlich sich in ihren Geist, der noch viel zu sehr damit befasst war, mit der Ablehnung klarzukommen, die ihr gerade entgegenschlug. Er hatte sie nicht ausgelacht, nein, er hatte ihr zu verstehen gegeben, dass er eben nicht ihr Spielzeug war.

Scheiße!

Die Mädchen tauschten sich lauthals darüber aus, was in ihren Tüten war. Sie kamen näher und verstummten allesamt, als sie Pat mit dem ›Spasti‹ unter dem Baum sahen. Dicht nebeneinander. Pat wusste, dass keines der Mädchen auch nur ansatzweise verstand, warum sie Patrick zu ihrem Geburtstag eingeladen hatte. Das bisher verhaltene Naserümpfen und Tuscheln hinter vorgehaltener Hand wurde nun offensiver. Die ausgelassene Stimmung eskalierte wie ein plötzliches Sommergewitter. Ein Mädchen nach dem anderen gab ihren Kommentar ab – einer gewaltiger als der andere.

»Hey, Spasti. Nimm deine widerlichen Finger von Patty.«

»Genau! Was machst du hier überhaupt?«

»Patty ist ja schon schräg, aber du bist sowas von uncool.«

»Ja, voll der Psycho.«

»Haha, Psycho-Patrick!«

Er wandte sich ab, wollte gehen. Doch Pat hielt ihn zurück. Unschlüssig sah sie ihn an. Sie spürte, dass die Zeit gekommen war, sich für eine Seite zu entscheiden. Aber wie? Sie war die Partyqueen! Sollte sie den Mädchen recht geben, vielleicht sogar in den Reigen der Beschimpfungen einsteigen? Was wäre dann aus ihrem Spiel, aus ihrem festen Entschluss geworden, von diesem Jungen geküsst zu werden? Er war so anders als die anderen Jungs. So unfassbar klug und erwachsen. Zudem war er nicht hässlich. Nein. Diese blauen Augen ... Doch er hatte sie zurückgewiesen. Das konnte sie genauso wenig ertragen wie den Spott der Mädchen.

Pat hörte sie kichern oder vielmehr gackern wie Hühner. Die waren allesamt so dämlich. Aber es half nichts. Es war ihre Party, also musste Pat auch bis zum Schluss der Star sein.

Immer noch unfähig, etwas zu sagen, beobachtete sie Patrick, wie er kopfschüttelnd durch den

Garten ging, sein Fahrrad schnappte und davonfuhr.

Die Mädchen gackerten immer noch und riefen ihm hinterher, wie blöd er doch sei und dass er ganz und gar nicht hierher passen würde.

»Psycho-Patrick. Psycho-Patrick. Psycho-Patr… haha … Psychopath … Psycho-Pat … hihi …«

Pat hob die Papiertüte auf. Er hatte sie verschmäht. War das Spiel damit vorbei? Hätte sie sich auf seine Seite stellen sollen, die Mädchen anschreien, ihnen Vorhaltungen machen? Aber was hätte sie damit erreicht? Patrick war nicht nur außergewöhnlich klug, sondern auch stolz. Das hatte er bewiesen, als er sie zurückwies – sie und ihr Geschenk. Nein. Wenn sie ihn in Schutz genommen hätte, wäre er trotzdem gegangen, davon war Pat überzeugt. Sie kannte sich mit Jungs noch wenig aus, aber sie wusste, wie sie an seiner Stelle reagiert hätte. Patrick war auf besondere Weise stark, er brauchte niemanden, der ihn in Schutz nahm. Darauf war er nicht angewiesen. Almosen waren für die Schwachen. Für Mädchen wie Anja, Simone und Karo, die in ihrer

Oberflächlichkeit gar nicht bemerkten, wie dumm sie sich benahmen.

»Hey, Patty, was findest du nur an diesem Schnösel? Du siehst so toll aus, deine Eltern haben so viel Kohle, du könntest doch jeden Jungen haben.«

Glanz und Gloria. Ja, darauf standen die Mädels. Hauptsache Glitzer. Wahrscheinlich wäre keines der Mädchen hier, würden Pats Eltern nicht für Partyspaß und teure Geschenke sorgen. Die Welt war oberflächlich, das hatte Pat früh gelernt. Und noch etwas war ihr in die Wiege gelegt worden: niemals aufzugeben.

* * *

Dunkelheit umgab sie. Über dem Meer war es still. Die Wellen dümpelten friedlich ans Ufer der Ostsee. Selbst der Mond hatte es sich hinter einer Wolke bequem gemacht. Pat streckte ein Bein unter dem dicken Federbett hervor. Es war warm in dem kleinen Ferienhaus. Im Kamin glühten die Überreste des letzten Feuers. Ein Knacken drang durch die Stille. Die stählerne Haut des Kamins kühlte langsam ab und hinterließ dabei Geräusche, welche die schlafende Pat nicht hörte. Durch die schweren Vorhänge in ihrem Schlafzimmer wehte eine frische Brise, als die Terrassentür geöffnet wurde. Irgendwo schrie ein Tier in der tiefschwarzen Nacht.

Ein Schatten bewegte sich durch die Küche, bahnte sich seinen Weg zielsicher am Badezimmer vorbei und tauchte nun vor dem Bett auf, in dem Pat mit den Dämonen der Vergangenheit rang.

Der Schatten kam näher, ließ sich neben Pats nacktem Bein nieder. Eine Hand strich sanft über ihren Knöchel, verharrte in dieser Position.

Wieder knackte es in der gusseisernen Hülle des Kamins. Erneut schrie draußen irgendein Tier. Die Hand ruhte noch immer auf Pats Bein, umschloss jetzt ihr Fußgelenk und schob es zurück unter die Bettdecke.

Patrick saß einfach nur da. Etwa zwei Stunden lang, bis über dem Meer die Dämmerung einsetzte. Er sah Pat dabei zu, wie sie sich im Schlaf hin und her warf, in ihrem Träumen wand, als gäbe es kein Entrinnen.

* * *

Indessen war Pat tief in ihre Erinnerungen versunken. Später würde sie wohl nicht unterscheiden können, was davon eine Reflexion ihrer Vergangenheit und was die Kreation ihrer Fantasie war. Die Grenzen zwischen Realität und Traum verschwammen im Cocktail der Barbiturate.

Und doch würde sie sich daran erinnern können, was am Tag nach ihrer Geburtstagsparty geschah. An jenes Erlebnis, das nicht die Ursache, wohl aber der Auslöser ihrer Odyssee darstellte, die letztlich dafür verantwortlich war, dass sie ihr Ich verlor …

Sie hatte Patrick nach der Schule einen Besuch abgestattet. Da er in keinem Sportverein war, schien die Chance doch relativ groß zu sein, ihn zu Hause zu erwischen.

Er empfing sie mit einer Mischung aus Verwirrung und kühler Ignoranz. Pat hatte gespürt, dass er sich in seinen eigenen vier Wänden weitaus sicherer fühlte. Seine Stärke und Souveränität imponierte ihr damals. Er ließ sie in die Wohnung und schlurfte voraus in sein Zimmer. Neugierig hatte Pat die afrikanischen Holzmasken im Flur, die orientalischen Teppiche im Wohnzimmer bewundert und dort diverse Skulpturen sowie moderne Gemälde an den Wänden entdeckt. Es roch nach Räucherstäbchen und ein kleines bisschen auch nach ihm.

Während Patrick sie in sein Kinderzimmer führte, hatte sie überlegt, was sie von diesem Jungen, der seit dem Wechsel aufs Gymnasium fünf Tage in der Woche mit ihr im selben Klassenzimmer saß, eigentlich wusste. Ihre Vorurteile erdrückten sie und wurden nicht leichter, als sie sein Zimmer betrat. Warum auch immer hatte sie geglaubt, dass hier alles akkurat und aufgeräumt sein würde. Dem Klischee eines Nerds entsprechend. Aber dem war nicht so. Natürlich gab es jede Menge Computer-Equipment, zahlreiche Bücher und sogar ein Poster von Einstein. Doch daneben hing das Portrait irgendeines Black-Metal-Stars, die Wände waren schwarz gestrichen, aus einer Soundanlage dröhnte düstere Musik. Pat war irritiert und begeistert zugleich gewesen.

»Und, trägst du den USB-Stick heute auch in deinem Höschen spazieren?«

Scheiße!

Er hatte ihn am Tag zuvor also doch gesehen, als ihr Rock hochgeflogen war. Pat zupfte mit klopfendem Herzen an der Papiertüte, die sie ihm mitgebracht hatte. Dieser Junge verwirrte sie. Im Allgemeinen war sie es gewohnt, die Kontrolle zu haben – zumindest solange sie ihre Tabletten regelmäßig nahm.

»Was möchtest du, Pat?«

Wieder stellte er diese Frage und wieder fand sie keine Antwort. Ihr Plan war gründlich schiefgegangen. Was hatte sie auch geglaubt, dass er einfach nach ihrer Pfeife tanzte, nur weil er keine Freunde hatte?

Nervös war sie durch das Zimmer gelaufen, hatte sich umgeschaut, bis ihr Blick an einem Foto hängenblieb, das an einem riesigen Memoboard mit einem Magneten befestigt war.

»Ich dachte immer, du hättest keine Freunde?«, hatte sie unsicher festgestellt und das Foto vom

Board genommen, welches Patrick inmitten einer Gruppe von zehn lächelnden Jungen und Mädchen zeigte.

»Das war im Forschungscamp letzten Sommer. Natürlich habe ich Freunde, nur eben nicht die Schwachköpfe in unserer Schule.«

»Warum lernst du nicht mit diesen scheinbar hochintellektuellen Kids?«

»Weil sich das meine Eltern nicht leisten können.«

Plötzlich war er neben ihr gewesen, hatte das Foto aus ihrer Hand gerissen und es auf den Schreibtisch geworfen.

»Was möchtest du, Pat? Komm endlich zum Punkt, ich habe nicht ewig Zeit.«

Sie ertrug seine Frage nicht und auch nicht seine Nähe. Na ja, eigentlich doch. Die feinen Härchen an ihren Armen stellten sich auf. Er roch so gut.

»Ich wollte gestern, dass du mich küsst. So, das wollte ich.«

»Wollte. Präteritum. Heute nicht mehr?«

Ihr Herzschlag beschleunigte sich. Woher zum Geier nahm er plötzlich diese Selbstsicherheit?

Hatte er vielleicht längst Erfahrungen in solchen Dingen? Vielleicht im Forschungscamp letzten Sommer, mit einem der Mädchen auf dem Foto? Pat fühlte sich furchtbar dumm, eine äußerst seltene Erfahrung.

»Heute nicht mehr, Pat?«

»Nein, doch, also ...«

Er stand direkt vor ihr. Ähnlich wie am Tag zuvor spürte sie die Hitze seines Körpers.

»Und warum hast du den Stick in deinem Schlüpfer versteckt? Weshalb dieses Theater?«

Wieder nagte sie an ihrer Unterlippe. Wer saß jetzt in der Falle? Mit einer lapidaren Ausrede würde er sich nicht zufriedengeben. Das kam davon, wenn man sich an die klugen Jungs hielt. Seine blauen Augen schauten in ihre. Er hatte die Brille abgenommen, putzte sie mit dem Saum seines Shirts.

»Weil ich Spiele mag«, presste sie heraus.

»Aha. Und Küssen ist für dich ein Spiel?«

»Äh, ja. Irgendwie schon. Und für dich?«

Er zuckte mit den Schultern und setzte die Brille wieder auf.

»Okay, wenn es für dich nur ein Spiel ist, dann noch mal zurück zu den Regeln. Ich küsse dich und dafür bekomme ich den USB-Stick, richtig?«

War es denn wirklich nur ein Spiel? Gestern schon, da hatte sie alles im Griff, war die Showmasterin. Aber heute? Warum bekam sie jetzt weiche Knie? Sie stellte die Papiertüte auf den Schreibtisch, kramte dann in der Tasche ihrer Jeans und zog den Stick heraus.

Patrick fixierte das Logo der Computerfirma auf dem Stick und griff danach. Doch Pat hielt ihn fest.

»Wenn du mich jetzt verarschst, dann ...«

Im selben Augenblick senkten sich seine Lippen auf ihre. Sie waren warm und fest. Sein Duft strömte ihr entgegen. Er küsste sie tatsächlich! Sanft berührten seine Finger ihre Wange. Pat öffnete die Lippen, empfing seine Zunge, die neugierig ihren Mund erforschte. Er zog sie an sich, bis sie seinen viel zu schnellen Herzschlag spürte. Sein Kuss wurde energisch, fordernd, seine Hand umschloss die ihre, die andere legte sich auf ihren Hintern, wanderte hinauf zu ihrem Haar, in das sich seine Finger nun vergruben. Sie bekam kaum noch Luft, so verdammt schnell schlug ihr Herz. Doch sie wollte sich nicht von ihm lösen. Als würde ihr Leben davon abhängen, erwiderte sie seinen Kuss, der für die Ewigkeit bestimmt war … bis plötzlich alles so schnell vorbei war, wie es begonnen hatte. Da waren Stimmen im Flur. Ein Lachen.

Sie öffnete die Augen, versuchte, in die Realität zurückzufinden, die ihr nun eiskalt ins Gesicht schlug.

»Danke für den Stick. Du kannst jetzt gehen.«

Während dieses fulminanten Kusses hatte er ihr den Stick einfach aus der Hand geklaut. Als wäre nichts geschehen, stöpselte er das verfluchte Mistding in seinen PC und setzte sich an den Schreibtisch.

Kein weiteres Wort.

Kein Blick.

Nichts.

Auch nicht, als seine Eltern hereinkamen und Pat herzlich begrüßten. Sie lachten über irgendetwas und wollten Patrick darüber berichten. Pat hörte nicht hin. Sie schmeckte seinen Kuss auf ihren Lippen, wollte mehr davon.

»Willst du uns deine Freundin nicht vorstellen?«, hatte seine Mutter freundlich gefragt.

»Das ist nicht meine Freundin, sie will nur spielen.«

Seine Antwort trieb ihr die Tränen in die Augen. Ja, sie wollte spielen. Gestern. Doch seine Nähe, sein kluges Wesen, sein Kuss waren so wahrhaftig gewesen. Ein Gefühl, das Pat in den kommenden Jahren nie wieder empfinden sollte – in der Zeit, als alles eben nur ein Spiel war.

* * *

Als wäre keine Sekunde seither vergangen, spürte sie seine Nähe, seinen Duft und ...

Die Wirkung der Schlaftabletten ließ langsam nach. Pats Gedanken strömten zurück in die Realität. Ihr Körper erwachte, als der erste Sonnenstrahl den Horizont durchbrach. Draußen über dem Meer kreischten bereits die Möwen. Immer noch schlafend spürte sie eine nie dagewesene Wärme, fühlte so etwas wie Geborgenheit. Was ihr Verstand noch nicht realisierte, war der Mann, dessen Arm sich nun von ihrem Körper löste. Patrick erhob sich vom Bett, schlich durch das kleine Ferienhaus und schloss hinter sich leise die Tür zur Terrasse.

Ihre Augenlider zuckten, zögerlich blinzelte sie in das Zwielicht des hereinbrechenden Morgens. Die Gardine vor dem Schlafzimmerfenster bauschte sich auf. Sie hatte es gestern einen Spalt breit offengelassen. Jetzt drang frische Luft und das Vogelgezwitscher hindurch.

Wie lange hatte sie geschlafen?

Patrick.

Die Erinnerungen an diesen stolzen Jungen waren so präsent, als wäre ihr fünfzehnter Geburtstag erst gestern gewesen.

Und dieser Kuss. Patricks Kuss damals war intensiver gewesen als all jene, die zahlreich folgten. Nicht von Patrick. Ihn hatte sie nie wiedergesehen.

Oder?

Schlaftrunken rieb sie sich die Augen, streckte die steifen Glieder und schaute verwirrt neben sich. War da nicht ein Geräusch gewesen?

Was hatte sie geweckt?

Fast war es ihr, als könne sie den Geruch von damals wahrnehmen. Diesen Geruch nach Räucherstäbchen und nach ihm.

Plötzlich war sie hellwach. Die Erinnerungen an jenen Nachmittag waren mit einem Mal wieder da – hatten sich aus der Traumwelt in die Realität geschlichen.

Pat schaute auf ihren Nachttisch. Sollte sie eine weitere Dosis Schlaftabletten schlucken und abwarten, was passiert?

Nein.

Die Erinnerungen beflügelten sie. Nichts von dem, was sie in der vergangenen Nacht erfahren hatte, war furchtbar oder erschreckend gewesen. Vielleicht war sie tatsächlich einfach nur durchgeknallt und es gab keinen Grund für ihre bipolare Störung. Es konnte doch sein, dass die Krankheit schlichtweg genetisch war und ihre Mutter ihr lediglich die Tatsache verheimlichte, dass irgendwer in der Familie unter denselben Symptomen litt. Dank der modernen Pharmazie war dies schließlich durchaus möglich.

Doch tief in sich spürte Pat, dass da noch mehr war. Sie konnte diesen Impuls natürlich ignorieren, wie sie es die letzten zehn Jahre getan hatte, oder aber mutig genug sein, ihm nachzugehen. Sie entschied sich für Tor 2.

Es musste einen Grund dafür gegeben haben, warum man sie in die Jugendpsychiatrie gesperrt hatte.

Was war damals geschehen, nachdem sie aus Patricks Kinderzimmer gerannt war?

In ihrem Kopf begann es zu rattern.

Ein weiterer Impuls sorgte dafür, dass sie aus dem Bett sprang.

Nachdem sie auf der Toilette war und sich die Zähne geputzt hatte, lief Pat in die Küche, kochte sich einen Kaffee, schnitt einen Apfel in ihr Müsli und frühstückte am Esstisch. Während sie die Cerealien kaute, fiel ihr Blick auf den Karton mit dem Rosenmotiv.

Erinnere dich!

Vielleicht hatte Alex noch mehr Hinweis in seinen Briefen hinterlassen. Entschlossen öffnete

Pat den Karton, nahm einen Brief nach dem anderen heraus und las.

Die liebevollen Zeilen ihres Bruders gaben ihr Kraft. Damals wie heute. Ein Funken zündelte in ihrem Inneren, loderte auf, als sie unter den Briefen ein Tagebuch fand. Ihr Tagebuch.

Hektisch griff sie danach, blätterte durch die Seiten. Sie hatte damals nahezu das komplette Buch vollgeschrieben. Neugierig studierte sie die Aufzeichnungen, als stammten diese von einer Fremden. Doch je mehr Pat las, desto vertrauter wurde ihr der Inhalt. Die Wut. Die Ohnmacht.

Tränen liefen über das Gesicht der erwachsenen Pat, als sie las, wie einsam und verängstigt ihr junges Ich damals gewesen war.

Stunden vergingen, der Kaffee war längst kalt, das Müsli matschig. Irgendwann legte Pat das Tagebuch zurück in den Karton, schloss die Augen und ließ ihre Gedanken zurück in jene Zeit schweifen, als sie in der Jugendpsychiatrie eingesperrt gewesen war. In dieses sterile Zimmer mit den Gittern vor den Fenstern. Alles war weiß und grell. Pat sah ihr jüngeres Ich auf dem Bett sitzen

– viel zu dünn, mit dunklen Ringen unter den leeren Augen. In ihren Gedanken setzte sie sich neben das blasse Mädchen, nahm sie in den Arm, wiegte ihren schmächtigen Körper und schenkte ihm Wärme. Behutsam streichelte sie sich über den Kopf – wie Linda es bei ihrer Tochter tat.

Geborgenheit.

Es fühlte sich wunderbar an.

Und dann waren sie plötzlich da, die Erinnerungen. Pats Gedanken wirbelten durch die Zeit – hinaus aus dem Zimmer der Psychiatrie, hin zu jenem Ort, an dem die junge Pat das erste Mal ausgeflippt war. Hin zu jenen Erinnerungen, die ihr jetzt keine Angst mehr machten ...

Noch am selben Tag war sie wütend in den nahegelegenen Stadtpark gelaufen. Wütend auf Patrick und diese beschissene Welt. Ohne zu zögern, hatte sie sich zu einer Horde Jungs gesetzt, mit ihnen getrunken und gelacht, obwohl ihr nach Heulen zumute gewesen war.

Etwas trieb sie geradewegs in die gierigen Arme der Zwölftklässler, die an jenem Abend ihr bestandenes Abitur begossen. Nach dem ersten

Bier, das Pat quasi auf ex hinterkippte, war sie der Star dieser Party. Niemand interessierte sich dafür, dass sie erst fünfzehn war. Ihre üppigen Brüste unter dem knappen Top, die langen Beine – braun gebrannt und schlank, perfekt zur Geltung gebracht in ihrem kurzen Jeansmini. Ja, darauf standen die Jungs. Und Pat genoss ihre anzüglichen Blicke, lachte zu laut und trank viel zu viel Bier, bis die Sonne unterging.

Die Jogger, Spaziergänger, Hundebesitzer und spielenden Kinder waren längst zu Hause, als Pat kichernd einem der Jungs gewährte, unter ihren Rock zu fassen. Ungestüm bahnten sich seine Finger den Weg zu ihrem Slip, schoben ihn beiseite und drängten sich in ihre Spalte, die fordernd pulsierte. Im Gleichtakt seines Fingers erforschte seine Zunge ihren Mund. Für den Bruchteil einer Sekunde hatte sie an Patrick gedacht – dieses aufgeblasene Arschloch, diesen Mistkerl, der sie nur geküsst hatte, um an den Stick zu kommen.

Die Finger des Jungen drangen tiefer in sie ein. Sie stöhnte und spreizte instinktiv die Beine. Er war nicht Patrick. Nein, das war er nicht. Und trotzdem oder gerade deshalb wollte sie mehr von diesem Jungen, dessen Freunde nun einen jubelnden Kreis um sie bildeten.

»Boa, is die geil, Alter. Los, Mädchen, zeig uns deine Titten!«

Pat war wie in einem Rausch. Da war nicht nur dieser eine Junge, der sie attraktiv fand, sondern gleich mehrere.

Scheiß auf Patrick, Party on!

Als wäre alles nur ein Spiel, lehnte sie sich nach hinten, schüttelte ihre Haare und seufzte. Die beiden Finger in ihr stießen jetzt härter zu. Ihr Oberkörper wurde zu Boden gedrückt, jemand knöpfte ihren Jeansmini auf, zog ihr das Top aus, zerrte am BH. Sie ließ es geschehen. Keuchte, als Hände ihre nackten Brüste kneteten, Lippen sich auf ihre Nippel senkten.

Viele Lippen. Viele Münder. Viele Hände.

Die Bilder aus dem Internet zogen an ihrem geistigen Auge vorbei. Sich rekelnde Frauen, die vor Erregung laut schrien. Pat fühlte sich wie eine von ihnen.

Begehrt.

Gewollt.

Das wohlvertraute Kribbeln in ihrer Mitte bäumte sich auf zu einer Woge der Lust. Sie öffnete die Augen, als sich die Finger aus ihr entfernten. Der Junge kniete nun zwischen ihren Schenkeln, zerriss ihren Slip und versank mit dem Kopf in ihrer Scham. Ihr Stöhnen wurde lauter, während er sie leckte und sein Daumen ihre Klitoris massierte.

Wie in Trance ließ sie sich zurück ins Gras sinken, genoss die Berührungen, nach denen sie sich so lange gesehnt hatte. Pat kannte noch nicht das Gefühl, welches ein Orgasmus in ihr auslöste, glaubte aber, kurz davor zu sein. Bis sie etwas spürte, das ihr ganz und gar nicht gefiel. Ihre Hand wurde hochgerissen, ihre Finger um etwas Dickes, Warmes gepresst. Irritiert schaute sie zur Seite und erkannte einen dritten Jungen, der ihr gerade seinen Penis in die Hand gedrückt hatte.

»Was erlaubt ihr euch, Lausebengel? Lasst sofort das Mädchen los!«

Graue Haare und eine Knollnase schoben sich in Pats Blickfeld. Neben ihr kläffte ein Hund.

»Komm, Herbert. Du hast die Polizei gerufen, das reicht. Vielleicht ist auch alles gar nicht so schlimm. Dieses Mädchen hat lauthals gestöhnt, scheinbar hatte sie Spaß daran.«

»Na klar hat es ihr Spaß gemacht. Warum stören Sie uns? Wir waren noch nicht fertig«, brummte der Junge neben ihr und schloss den Reißverschluss seiner Hose. Er grinste Pat an und fügte hinzu: »Du bist echt der Oberhammer. Wenn du Bock hast, können wir das …«

»Sag mal, schämst du dich gar nicht, Bürschchen?« Der ältere Herr samt kläffendem Köter und finster dreinschauenden Frau meldete sich wütend zu Wort. »Zu meiner Zeit …«

»Opa, zu deiner Zeit ist mir scheißegal. Du hast uns echt 'n geilen Fick versaut. Schau dir die Schlampe doch an, die wollte das. Kapiert?«

Schlampe?

Plötzlich fühlte sich Pat schmutzig. Sie hörte nicht länger auf das Gezeter des alten Mannes, nicht auf die Schimpftirade seiner Frau, nicht auf das Kläffen des Köters, nicht darauf, dass die Jungs ihre Bierflaschen einsammelten und das Weite suchten.

Pat stand auf, schüttelte den zerrissenen Slip ab, der an ihrem Fußgelenk hing, und lief über den Rasen zum Teich in der Mitte des Parks – vorbei an einem Schild, auf dem ›Baden verboten!‹ stand, hinein ins Wasser. Eiskalt umschloss es ihren erhitzten Körper, wusch den Speichel, den Schweiß, die Lust von ihrer Haut. Sie ignorierte die Rufe des älteren Herrn, zu denen sich die der Polizisten gesellten.

Du bist schmutzig, billig und dumm, hörte sie plötzlich die mittlerweile vertrauten Worte in ihrem Kopf. Ebenjene Worte, die Pat bis heute verfolgten.

PSYCHO-PAT

Der Absturz im Park und insbesondere der ausführliche Bericht des älteren Herrn oder vielmehr seiner schrulligen Ehefrau hatten dafür gesorgt, dass Pat von der Polizei in Gewahrsam genommen wurde. Ihre Eltern waren später aufgetaucht. Mit dem Anwalt der Familie im Schlepptau. Natürlich konnte dieser aalglatte Typ damals alles regeln. Ein paar Drohungen hier, ein paar Scheinchen dort … und alles war in hübscher Ordnung, als wäre nichts passiert.

Aber es war etwas passiert.

Und es war noch längst nicht vorbei.

Im Gegenteil!

Der Absturz im Park war erst der Anfang gewesen.

Fünf Monate verbrachte Pat in der Jugendpsychiatrie. Mit all den Verrückten und jeder Menge Lithium in ihren Adern, zu dem sich später diverse Neuroleptika und Antidepressiva gesellten.

Doktor Müller war nicht nur ein Freund der Familie und niedergelassener Kinderpsychologe, er war auch hier in der Klinik ihr behandelnder Arzt.

Warum eigentlich?, überlegte Pat heute. Damals war ihr dieser Umstand selbstverständlich erschienen. Sie hatte nicht darüber nachgedacht. Ihre Mutter war dankbar für seine Unterstützung gewesen. Bei jeder sich bietenden Gelegenheit schwärmte sie überschwänglich von seinen Leistungen und achtete schon damals peinlich genau darauf, dass er pünktlich ein neues Rezept ausstellte, wenn die Tabletten allmählich zur Neige gingen. Ihre heile Welt war erschüttert. Für Pats Mutter war nichts wichtiger als der gute Ruf der Familie. Aus ihrer Tochter sollte schließlich mal etwas werden. Ärztin vielleicht oder Anwältin. Dafür nahm sie die zahlreichen Nebenwirkungen der Medikamente in Kauf, vertraute Doktor Müller scheinbar blind und gab alles dafür (insbesondere einen dicken Scheck für die Klinik), dass Pat auch ja ab September wieder in die Schule gehen konnte. Natürlich nicht mehr in die alte, sondern in ein Internat – möglichst weit weg.

Pat war täglich von Doktor Müller befragt und untersucht worden – in all den depressiven, hypomanischen und manischen Episoden, die sich abwechselten wie die Jahreszeiten. Auf den Sommer folgte der Herbst. *Wo Licht ist, da ist auch Schatten.* All diese gequirlte Scheiße, die Pats Mutter als Entschuldigung gesucht hatte, wenn sie weinend an ihrem Bett stand oder in den Armen von Doktor Müller um Trost bettelte.

Kein einziges Mal war diese Frau wirklich bei ihr gewesen, wenn Pats Manie in Megalomanie umschlug und genauso schnell wieder ins Gegenteil – der schlimmsten Phase ihrer Krankheit. Den Größenwahn mochte Pat sogar. Auf dem Höhepunkt der manischen Phase konnte sie die sprichwörtliche Welt aus den Angeln heben. Dann war sie Superwoman. Vor allem in den folgenden Jahren genoss Pat diese Phase sogar. Etwa eine Woche lang konnte sie Höchstleistungen vollbringen. Dann war Pat sowohl im Job als auch beim Sex eine absolute Granate. Drei Stunden Schlaf pro Nacht reichten ihr während der Manie aus. Wenn überhaupt. Nicht selten arbeitete (oder feierte) sie tagelang durch – später, als sie den passenden Beruf für ihre Krankheit gefunden hatte.

Und dann ...

Ja, dann kam eben die Schattenseite.

Knock-out!

Ohne Medikamente dauerte die anschließende Depression um einiges länger.

Dann sehnte sich Pat nach dem Tod.

Sie hatte keinen Appetit.

Kein Selbstwertgefühl.

Keine Ambitionen.

Keine Lust.

Nichts!

Wie auf einem Zahlenstrahl hüpfte sie von Plus zu Minus ... hin und her ... immer wieder.

Als Psycho-Pat.

Oder aber sie nahm ihre Medikamente.

Dann verharrte sie auf der großen hässlichen Null.

Kein Plus.

Kein Minus.

Kein Licht.

Kein Schatten.

Null!

War das besser?

Um nicht anzuecken, sich unterzuordnen und in die Gesellschaft und ihre Konventionen zu passen, war das Lithium in jedem Fall sehr gut geeignet.

Besser als Psycho-Pat war wohl immer noch Lithium-Pat.

Irgendwo hatte sie gehört, dass Adolf Hitler mit einer Lithium-Therapie niemals zu dem größenwahnsinnigen Despoten mutiert wäre. Mit Lithium hätte man also den Zweiten Weltkrieg und den Holocaust verhindern können?

Pat war sich sicher, dass dieses Argument von ihrer Mutter gekommen war.

Natürlich!

Im Schönreden war sie Weltmeisterin.

Deshalb war Pat auch nicht überrascht gewesen, dass sie nach ihrem Aufenthalt in der Jugendpsychiatrie direkt in ein Schweizer Internat gesteckt wurde.

Weit weg von Berlin.

Weit weg von der Vergangenheit.

In den Ferien reiste Pat mit ihren Eltern nach Amerika, Asien, Australien – je ferner, je besser.

Und dann war Pat irgendwann volljährig, nicht mehr abhängig, nicht mehr eingesperrt in der Vorstellung einer perfekten Tochter. Die Welt stand ihr offen. Also schrieb sie einen zornigen Abschiedsbrief, räumte ihr Konto leer und eroberte die Welt.

Seit ihrem fünfzehnten Geburtstag war sie nicht mehr zu Hause gewesen.

Zuhause.

Sie hatte keine Ahnung, was das war.

Nicht mehr.

Zehn Jahre war sie davongelaufen, war gerannt, als würde es um ihr Leben gehen. Und irgendwie tat es das auch.

Ein Leben zwischen Plus und Minus oder eben auf besagter Null – je nach Art und Umfang der Drogen.

Ihr einziger Anker, ihr Fels in der Brandung war Alex. Er war es, der ihr zuhörte, Kraft gab und Licht, wenn es wieder einmal dunkel wurde.

Alex war ein erfolgreicher Fotograf geworden. Er hatte damals die ersten Bilder von ihr gemacht – für ihr Portfolio und die Bewerbungen bei den Model-Agenturen. Es war ihr gemeinsamer Start in ein Leben gewesen, das so ganz anders verlief, als es ihre Eltern einst für sie bestimmt hatten.

Anders.

Na und?

Wer bestimmt die Norm?

War Pat tatsächlich sie selbst – mit all diesen Antidepressiva und Psychopharmaka im Blut?

Wer war sie dann?

Ein angepasstes Püppchen?

Ein Zombie?

Pat?

Lithium-Pat!

Psycho-Pat!

Sie wollte lieber Trix sein, die geilste Schnitte auf Gottes Planeten. Das berühmte Supermodel, Partyqueen, Sexbombe ... Trix, ein Kunstobjekt, eine völlig andere Person, hinter der sie sich vor ihrem alten Ich verstecken konnte. Sie wollte zwischen den Prêt-à-porter-Schauen in Paris, der New Yorker Fashion Week und der Alta Moda in Mailand pendeln – immer in den neuesten Entwürfen der angesagtesten Designer wie Alexander Wang, Lanvin oder Dolce & Gabbana. Sie wollte der Star sein im Blitzlichtgewitter – von allen beneidet, begehrt, bewundert.

Glanz und Gloria.

Scheiße!

My head is killing me.

My mind is killing me.

...

My talking's killing me.

Killing me.

Killing me.

K-k-killing me ...

Die Liedzeilen der schwedischen Popsängerin dröhnten in Pats Kopf. Robyn hatte verdammt noch mal recht.

Don't fucking tell me what to do.

Niemand würde Pat sagen, was sie zu tun und zu lassen hätte. Seit über einer Woche war sie nun hier in Dänemark und hatte die Hälfte der Zeit verschlafen.

Sie trank einen Schluck Kaffee. Er war eiskalt. Erst jetzt bemerkte sie, dass sie zitterte. Ihre nackten Füße fühlten sich taub an.

Wie lange hatte sie hier gesessen und die Zeit verträumt?

Nachdenklich stellte sie die Kaffeetasse neben den Karton mit dem Rosenmotiv. Ein Lächeln schlich sich auf ihr Gesicht. Tief in sich fühlte sie so etwas wie Stolz auf das, was sie gerade getan hatte. Für viele Menschen da draußen waren Erinnerungen etwas Schönes. Etwas, woran sie sich festhielten, das ihnen Halt gab.

Pat hingegen hatte sich immer nur davor gefürchtet, war weggelaufen.

Warum?

Weshalb hatte sie solche Angst davor, sich zu erinnern? Wieso war es einfacher für sie gewesen, die Pillen zu schlucken und zu verdrängen?

Schluss damit!

Don't fucking tell me what to do.

Den einzigen Rat, den sie jetzt befolgen wollte, war der ihres Bruders.

Erinnere dich!

Noch zwei Wochen – hier am Arsch der Welt.

Zwei Wochen, in denen sie frei sein könnte.

Frei von Verpflichtungen.

Frei von Bevormundung.

Frei von sich selbst!

Scheiß auf Antidepressiva!

Scheiße auf Lithium!

Scheiß auf Benzodiazepine!

Scheiß auf Barbiturate!

Scheiß auf ALLES!

Sie wollte leben.

LEBEN!

FREI!

Was hatte Linda gesagt? Die Betroffenen sollten lernen, die Symptome nicht zu bekämpfen, sondern damit umzugehen. Und das war natürlich nur ohne all die Pillen möglich, die ihr Gehirn in Watte packten.

Das spontane Absetzen der Medikamente wäre eine große Gefahr, könnte eine Manie hervorrufen. Ja, das wusste sie. Die Narben in ihrem Unterleib waren stille Zeugen davon, was geschehen konnte, wenn sie nicht wie ein Zombie am Nullpunkt ihres Seins herumdümpelte. Ihr letzter Versuch, in diesem New Yorker Hotel aus dem Korsett der scheinheiligen Normalität auszubrechen, war erst zwei Monate her.

Na und?

In den kommenden drei Wochen könnte sie ihre manische Phase voll auskosten. Wer sollte sie daran hindern? Wen sollte sie hier stören? Niemand war hier! Sie könnte nackt am Strand tanzen, ohne dass jemand die Polizei rufen würde.

FREIHEIT!

Und wenn dann die Depression kam, weil sie immer kam, könnte sie sich immer noch mit den zahlreichen Pillen aus ihrem Vorrat für mindestens zwei Wochen ins Nirwana schießen.

Ja, das war ein guter Plan.

Weil sie es konnte.

Weil sie es wollte.

Weil sie die Manie liebte.

Sie könnte ihr Leben neu gestalten.

Von vorn beginnen.

Glanz und Gloria.

ENTZUG

Pat riss die Vorhänge im Schlafzimmer beiseite, steckte die Dose mit ihren Tabletten in die unterste Schublade des Kleiderschrankes.

Ein wohliges Kribbeln durchströmte ihren Körper. Seit drei Tagen hatte sie keine Medikamente mehr genommen. Nur Schlaftabletten.

Der manische Schub wartete. Auf Entzug würde er schneller und gewaltiger kommen. Die Welt da draußen wartete auf sie.

Lächelnd fuhr sich Pat durch die Haare. Sie klebten. Genau wie ihre Haut. Sie stank nach den Ausdünstungen der Barbiturate, nach dem Dreck der Vergangenheit.

Mit neuem Elan stieg sie unter die Dusche, schäumte ihren Körper ein, bis er nach Citrus und Meer roch.

Das Meer. Sie hatte es direkt vor der Tür.

Es war bereits früher Nachmittag, doch bis zum Einsetzen der Dunkelheit war noch genügend Zeit. Sie könnte einen langen Spaziergang am Ufer der Ostsee machen. Vielleicht bis zum Leuchtturm?

Pat verzichtete darauf, sich die Haare zu föhnen. Sie band sich einen Dutt, putzte sich ausgiebig die Zähne und schlüpfte in bequeme Sachen und dicke Socken. Auf dem Weg ins Wohnzimmer überlegte sie, etwas zu essen.

Nein.

Dafür war später noch Zeit.

Sie kippte den kalten Kaffee und den matschigen Müslibrei in die Toilette und stellte das Geschirr in die Spülmaschine. Der Karton mit dem Rosenmotiv stand noch geöffnet auf dem Esstisch. Ein Lächeln huschte über ihr Gesicht, als sie sich daran erinnerte, vorhin etwas in dem Karton gesehen zu haben, das dort nicht hingehörte. Mit einem warmen Gefühl im Bauch kramte sie zwischen den Briefen und förderte etwas Goldenes zutage. Alex hatte einen kleinen Lindt-Osterhasen hinterlassen – in der weisen Vorausicht, dass sich Pat tatsächlich mit ihrer Vergangenheit befasste.

Ihre Augen strahlten jetzt wie die eines Kindes, als sie das goldene Papier entfernte und dem

Schokohasen die Ohren abbiss. Einmal mehr wurde ihr bewusst, wie sehr sie ihren Bruder liebte.

Kauend öffnete sie die Vorhänge im Wohnzimmer und schaute auf das Haus gegenüber.

Der blaue Kleinbus war weg.

Keine Linda.

Keine Lea.

Kein Patrick.

Waren sie abgereist? Oder nur einkaufen?

Das Haus sah verlassen aus.

Pats Finger zerdrückten den Schokohasen. Braune Stückchen fielen zu Boden.

Bis eben war sie stolz auf sich gewesen, dass sie das erste Mal in ihrem Leben nicht davonlief. Noch immer fühlte sie die Liebe ihres Bruders, die Magie der Entschlossenheit und jetzt das ...

Patrick war weg.

Einfach so.

Wie der kluge und unnahbare Junge aus ihrer Kindheit.

Er hatte sie ein zweites Mal von sich gestoßen, allein gelassen, nachdem er bekommen hatte, was er wollte.

Dieser Scheißkerl!

Die Überreste des zerquetschten Schokohasen landeten neben dem Karton mit dem Rosenmotiv. Pat verspürte plötzlich den Drang zu laufen.

Eilig zog sie ihren Anorak über, setzte eine Strickmütze über ihren feuchten Dutt und lief hinaus in einen stürmischen Nachmittag.

Sie sah nicht das vom Regen nasse Stück Papier, welches neben dem Fußabtreter auf der Terrasse lag – beschwert mit einem Hühnergott.

Den Blick geradeaus gerichtet, lief Pat zum Strand. Hin zum Ufer der tobenden Ostsee. Sie trotzte dem Wind, der mehr und mehr zunahm. Der kühle Regen auf ihrem Gesicht fühlte sich gut an. Real, bedingungslos, frei von Lügen. Die Natur war mit ihr, war wie sie: aufgewühlt.

Als sie die kleine Düne erreichte, kletterte sie den grasbewachsenen Hügel empor, genoss den Blick auf die Wellen der Ostsee, die vor ihr brandeten. Gierig pumpte sie die salzige Luft in ihre Lungen und fühlte sich frei.

Einsam und frei!

Ihr Handy klingelte.

Warum hatte sie das blöde Ding überhaupt mitgenommen?

Alex.

»Sag mal, spinnst du?«

»Hallo, Bruderherz! Alles klar bei dir?«

»Was? Bei mir schon. Und bei dir? Du gehst seit drei beschissenen Tagen nichts ans Telefon! Ich war drauf und dran, hier meine Zelte abzubrechen und zu dir ...«

»Alex, du hörst dich gerade an wie Mama. Mach dich locker! Mir geht es gut.«

»Wirklich?«

Was sollte sie ihrem Bruder sagen? Dass sie die letzten Tage im Nirwana verbracht, Patrick sie ein zweites Mal verlassen hatte, sie keine Medikamente mehr nahm und auf den großen Showdown wartete?

»Hey, mir geht es gut. Wirklich!«

»Wo bist du? Isst du regelmäßig? Hast du deine Medikamente genommen?«

»Ja, Mama.«

»Hör auf damit, Patty!«

»Okay, Alex. Ich spaziere gerade am Strand und habe regelmäßig gegessen. Da ist diese bezaubernde Familie im Haus nebenan. Die haben mich mit jeder Menge Essen und sogar Käsekuchen vollgestopft. Mach dir keine Sorgen, Cheri. Mir geht es bestens. Ach und danke übrigens für den Schokohasen.«

»Aha. Bestens? Das klingt aus deinem Munde irgendwie bedrohlich.«

Ja, da war was dran. Alex kannte Pat gut.

Zu gut!

»Bruderherz, mach dir keine Sorgen. Alles ist prima. Wie läuft dein Job?«

»Ach, scheiß auf den Job. Bist du sicher, dass ... Wenn du den Schokohasen gefunden hast, dann warst du bereit für die Vergangenheit. Hast du dich erinnert? Patrizia, nimmst du deine Medikamente?«

Alex war der einzige Mensch, den Pat nicht anlügen konnte.

Verdammt!

»Hey, mir geht es gut. Wie oft soll ich das denn jetzt noch sagen? Ich will jetzt noch ein bisschen joggen, Alex. Mach's gut ...«

»Aber ...«

»Alex, bitte! Die Verbindung ist mies und das Wetter auch. Lass uns morgen telefonieren. Okay?«

»Hab dich lieb. Pass auf dich auf, meine Schöne!«

»Ja, ich weiß.«

Sie legte auf. Stieß den einzigen Menschen von sich, der sie liebte. So, wie Patrick sie von sich gestoßen hatte.

Schon wieder!

Warum war es ihr nicht vergönnt, zu lieben?

Weshalb konnte sie nicht sein wie Linda?

Normal!

Weil sie kaputt war. Irgendwann auf dem Weg des Lebens zerbrochen.

Für immer!

Du bist schmutzig, billig und dumm!

Hektisch steckte sie das Handy in ihre Jackentasche und lief los ...

FREIHEIT

Pat rannte, ignorierte den Regen, die Kälte. Trotzte dem Wetter, den guten Ratschlägen ihres Bruders …

FREIHEIT!

Keine Konventionen, keine Verpflichtungen, keine Bevormundungen, keine Medikamente, keine Angst.

Sie lief über die Düne, hin zum Leuchtturm. Niemand war hier, der sie aufhalten konnte. Keine Ärzte, keine Agenten, kein Alex … kein Patrick.

An einer riesigen Eiche machte sie halt. Riss sich die Mütze vom Kopf, zog die Jacke aus, dann die Schuhe, Hose, Socken, Pullover, Shirt, Slip … und rannte zum Ufer der Ostsee. Steine und Muscheln schmerzten unter ihren nackten Füßen.

Egal.

Der Regen wurde stärker. Die Tropfen hämmerten wie Kristalle auf ihre Haut.

Egal.

Die tosenden Fluten empfingen sie mit eisigen Klauen. Gischt schäumte an ihren Beinen empor. Pat lief weiter ... hinein in das wogende Meer, hinein ins Wasser, das sie reinwaschen oder ihr den Tod bringen würde.

FREIHEIT!

Nichts war mehr wichtig, als ihr Körper untertauchte. Flach lag sie auf dem Bauch, spürte den Meeresboden unter sich. Inseln aus Tang umkreisten sie wie Satelliten.

Hier war sie der Mittelpunkt ihres Seins.

Hier musste sie keine Rücksicht nehmen, sich nicht zusammenreißen, keine Show spielen.

Hier, in den eisigen Fluten der Ostsee, war sie weder Pat noch Triz. Namen waren nicht wichtig. Nicht hier! Das einzige, was jetzt zählte, war sie.

Endlich!

Kein Gestern. Kein Heute. Kein Morgen.

Schwerelos!

Die Sekunden verstrichen, in denen Pat nichts fühlte, außer sich – im Einklang mit der Natur, der Macht und der Unschuld des Planeten. Nichts lenkte sie ab. Nicht mal die eisige Kälte des Wassers. Jede Zelle ihres Körpers, jeder Muskel war taub – erstarrt in Raum und Zeit.

Und während Pat dem Chaos ihres Geistes entfloh, sich wie in einen Kokon zurückzog, der nur noch ein winziger Punkt im Universum war, gierten ihre Lungen nach Sauerstoff. Alles um sie herum verschwamm, das Rauschen der Wellen wurde leiser und doch war Pat glücklich.

Glücklich und schwerelos.

Bis die Erinnerungen wie ein Tsunami in ihr Bewusstsein brachen …

Bilder fluteten ihr Gehirn. Rissen sie mit in die Vergangenheit.

Was?

Nein!

Sie wurde nicht missbraucht. Das hatte sie immer wieder Doktor Müller gesagt. Damals … in der Jugendpsychiatrie.

Nein!

Sie war kein Opfer.

Kein beschissenes Klischee!

Aber warum hockte sie dann vor diesem Mann? In ihrem Lieblingsshirt mit dem Hello-Kitty-Label …

Nein!

Das konnte nicht sein!

Wie im Zeitraffer zuckten weitere Bilder durch Pats Kopf. Im Kokon der Schwerelosigkeit gefangen, wurde sie Zeuge ihrer sorgfältig verdrängten Erinnerungen. Alles in ihr schrie, als die Vergangenheit an die Oberfläche ihres Geistes schwappte.

Brutal.

Real.

Ohne Weichzeichner.

Da waren ihre rosafarbenen Haarspangen, die sie so geliebt hatte, als sie zwölf war. Weshalb waren sie in einem Bild mit diesem Mann?

Warum öffnete er jetzt die Hose?

Wieso verschwand sein Schwanz in ihrem Mund?

Du bist schmutzig!

Die rosafarbenen Haarspangen hüpften, während er ihren Kopf im rhythmischen Takt bewegte. Vor und zurück. Wie die Wellen der Ostsee.

Du bist billig!

Sperma floss aus ihrem Mund, tropfte auf ihr Shirt. Hello Kitty. Es sah aus, als hätte sie sich mit Eis bekleckert. Aber es war kein Eis, oder? Keine süße Nascherei.

Du bist dumm!

Die Bilder wirbelten jetzt schneller. Wie in einem Karussell. Ein anderes Shirt, dieselbe Hose. Die Haarspangen wurden abgelöst von bunten Zopfhaltern, die ebenfalls hüpften, während der Schwanz in ihrem Mund vor und zurück schnellte. Vor und zurück!

Warum war da plötzlich ihre Mutter?

Weshalb wusch sie ihr Gesicht, schrubbte ihre Zähne ...?

Du bist so dumm.

Schmutzig, billig und dumm!

Neeeeeiiiiinnnnn!

Hände griffen nach ihr. Sie waren warm.

Lippen pressten sich auf ihre, die so kalt waren.

Und plötzlich konnte sie wieder atmen. Das Meer war verschwunden. An seiner statt ragte der Himmel über ihr auf. Weit, so unendlich weit.

Tränen mischten sich mit dem Wasser der Ostsee und dem Regen, der immer noch aus diesem unendlichen Grau des Himmels fiel.

Wieder spürte sie Hände auf dem tauben Eisklotz, der ihr Körper war. Jemand zerrte an ihr, schrie sie an. Doch Pat konnte nicht fühlen, nicht hören, nur sehen ... Deutlich, viel zu deutlich waren die Bilder gewesen. Brutal real! Mit der Präzision eines Laserstrahls hatten sie sich in ihr Bewusstsein gebrannt. Nichts konnte sie je wieder vertreiben.

Wieder hörte sie jemanden rufen. Weit weg – hinter dem Nebel, der sich nun zunehmend lichtete. Sie spürte Socken an ihren Füßen, Stoff auf ihrer Haut, die Wärme ihres Anoraks.

Und sie atmete. Gierig sog sie die lebensspendende Luft in sich ein. Alles drehte sich, die Eiche über ihr schien zu schwanken.

Dann war da plötzlich ein Gesicht.

Patrick!

Krampfhaft rang sie nach Atem. Das Rasseln in ihren Lungen wurde weniger, nachdem sie das todbringende Nass ausgehustet hatte.

Patrick half ihr, sich aufzusetzen. War er wirklich real? Welcher Patrick – der von heute oder der von damals?

Nach und nach fand sie ins Hier und Jetzt zurück. Sie saß unter der Eiche. Das Meer war noch da. Die Düne. Der Leuchtturm. Und sie, Patrizia Fischer, und mit ihr all die Probleme, Sorgen und Ängste. Wie ein Echo tauchten die Bilder der Vergangenheit wieder auf. Sie wusste, wessen Schwanz sie gelutscht hatte. Damals, als sie zwölf war.

»Bist du okay?«

Ihr Bewusstsein wirbelte zurück in die Realität. Ja, Patrick schien wahrhaftig zu sein. Keine Illusion, nicht nur eine bloße Wunschvorstellung.

»Du hast mir einen Riesenschrecken eingejagt, Pat. Was sollte das werden? Wolltest du dich etwa umbringen?«

Eine gute Frage. Pat kannte die Antwort nicht. Alles, was sie gespürt hatte, war Dunkelheit und Verzweiflung.

»Vielleicht«, flüsterte sie unsicher.

»Was? Warum? Ach, egal. Ich bring dich jetzt nach Hause …«

Nach Hause. Wo war das? In einer Welt, in der Mütter ihren Töchtern Sperma aus dem Mund wuschen? Wo Mädchen schuld daran waren, wenn diejenigen sie missbrauchten, die ihnen eigentlich helfen sollten? Wo Frauen zu Opfern deklassiert wurden, weil sie sich nicht wehren konnten?

Du bist schmutzig.

Du bist billig.

Du bist dumm.

Plötzlich war alles wieder da. Die Zeit vor ihrem fünfzehnten Geburtstag. Die Jahre, in denen sie in Therapie gewesen war. Bei diesem pädophilen Dreckschwein Doktor Müller. Ihr Kinderpsychologe sollte ihr damals helfen! Stattdessen war er Teil des Problems.

Bis heute!

Starke Arme schlangen sich um ihren zitternden Leib. Sie waren so wunderbar warm. Patrick redete auf sie ein, während er sie über die Düne trug. Weg von der Eiche, weg vom Leuchtturm …

Seine Stimme klang ängstlich.

Aber was wusste er schon von Angst?

In ihrem Innern tobte das Chaos. Ihr Körper brannte, als würde er in Flammen stehen. Um Haaresbreite war sie dem Tod entronnen. Patrick hatte sie vor dem Ertrinken gerettet. Die Unterkühlung würde sie nicht umbringen. Ganz sicher nicht. Jetzt wollte sie leben, denn sie hatte noch eine Rechnung offen mit diesem Doktor Müller. Und mit ihrer Mutter.

Aber das musste warten. Sie war so schwach und sehnte sich nach Patricks starken Armen, der Wärme seines Körpers.

Er war wieder da.

Er war nicht gegangen und hatte sie von sich gestoßen.

Er war ihr Ritter in schimmernder Rüstung. Zumindest für den Augenblick …

LIEBE

Patrick trug sie über die Dünen. Vorbei am tosenden Meer. Durch den Regen, der nun nachließ – wie das Chaos in Pats Kopf.

Wieder einmal schob sie alles beiseite, konnte nicht anders. Ihre Kraft war aufgebraucht. Es war so leicht, sich fallen zu lassen in diese starken Arme, die sie fortbrachten – weg von den Erinnerungen und der Kälte.

Während des Weges zurück zum Ferienhaus redete Patrick auf sie ein. Er hätte sich Sorgen um sie gemacht, glaubte, sie wäre abgereist. Stattdessen waren es Linda und Lea, die nicht mehr da waren. Sie seien zu Verwandten nach Schweden gefahren, erzählte Patrick. In drei Tagen würden sie wiederkommen. Lea hätte extra für sie ein Bild gemalt.

»Hast du es gefunden? Wir haben es unter einen Stein auf deine Terrasse gelegt. Eigentlich hättest du darüber fallen müssen, als du ...«

»Bitte nicht jetzt. Ich bin so müde«, unterbrach ihn Pat, die von all dem nichts wissen wollte. Nicht jetzt! Sie wollte sich geborgen fühlen ... und vergessen.

»Ja, das kann ich verstehen. Warum hast du das gemacht? Es ist April, Pat! Wir haben gerade mal zwölf Grad, das Meer ist eiskalt. Wolltest du dich etwa ...?«

»Nein! Ich hielt es einfach für eine gute Idee.«

»Eine gute Idee? Ach, Süße. Du hast mir einen Riesenschrecken eingejagt, als ich dich dort im Wasser liegen sah. Wieso ...?«

»Patrick, bitte!«

Sie waren vor dem Ferienhaus angelangt. Patrick setzte sie auf die Terrasse, direkt neben Leas Bild, das ihr vorhin nicht aufgefallen war. Vielleicht wäre alles anders verlaufen, wenn Pat gesehen hätte, was sie jetzt sah. Vielleicht auch nicht. In den ungelenken Linien einer Fünfjährigen waren vier Menschen zu erkennen. Ein großer Mann mit Bart, die vermeintliche Lea mit lustigen Zöpfchen und zwei Frauen, eine mit blondem Haar (neben Lea) und eine großgewachsene, sehr viel zierlichere mit braunem Haar (neben

Patrick). Zahlreiche Herzchen waren rings um die vier Personen gemalt, als gehörten sie zusammen – innig verbunden in Liebe und Harmonie.

So naiv kann auch nur ein kleines Mädchen sein, dachte Pat, die sich eine verirrte Träne aus dem Augenwinkel wischte. *Oder eben achtsamer als die Erwachsenen.* Es hatte tatsächlich den Anschein, als wüsste die fünfjährige Lea mehr als ihre Mutter, mehr als Pat. Kinder waren viel sensibler, als ihre Eltern glaubten. Sie hatten feinere Antennen für Emotionen – gute wie schlechte.

Hatte Lea mitbekommen, was zwischen Pat und Patrick gewesen war? Seine heimlichen Berührungen, ihre hungrigen Blicke?

War am Ende Linda die Naive, weil sie die Welt so sehen wollte, wie sie sein sollte, aber nicht war? Im Grunde unterschied sie sich damit weit weniger von Pat, als diese es sich eingestehen wollte.

Die Realität ist mitunter grausam, aber die einzige, die wir haben.

Ein Stich ging durch ihre Mitte. Die wiedergewonnenen Erinnerungen an damals schmerzten.

»Komm, ich trage dich rein. Dann koche ich dir einen heißen Tee und du ruhst dich aus.«

Patrick war wieder da, hob sie auf und brachte sie ins Haus. Während Pat mit wackligen Beinen ins Bad taumelte, um sich die feuchten Klamotten auszuziehen und unter die Dusche zu steigen, hantierte Patrick im Wohnzimmer vor der Küchenzeile. Sie hörte, wie er Wasser aufsetzte und im Kamin ein Feuer entzündete.

Wie schön könnte doch alles sein. Zu zweit. Mit diesem Mann. Kuscheln auf dem Sofa, bei Kerzenschein und knisterndem Kaminfeuer. Ein warmer Tee, später vielleicht Wein, dann heißer Sex ...

Er ist schon vergeben, Pat!, mahnte sie sich mit einem Blick in den Spiegel. Sie sah furchtbar aus. So furchtbar, wie sie sich fühlte. Müde stieg sie aus ihren Sachen, betrachtete die Narbe an ihrer Hand, dann die auf ihrem Unterleib. Die Chirurgen hatten sich wirklich Mühe gegeben. Die kleinen Schnitte für den minimalinvasiven Eingriff würden irgendwann kaum noch zu sehen sein. Drei winzige Narben nach der suprazervikalen Hysterektomie. Nichts Besonderes – abgesehen von der Tatsache, dass sie keine Kinder mehr bekommen konnte. Ihre Finger tasteten über den Wulst, den die Spiegelscherbe hinterlassen hatte. Zum ersten Mal seit jener unheilvollen Nacht in New York und dem anschließenden Krankenhausaufenthalt widmete sich Pat dieser weitaus größeren Narbe. Sie war etwa zehn Zentimeter lang und verlief nahezu quer unterhalb ihres Bauchnabels.

Dann hob Pat den Kopf und blickte in ihr blasses Spiegelbild. Wie weit konnte Selbsthass führen? Endlich kannte sie die Ursache dafür. Endlich war sie imstande, nicht ihre Erinnerungen, nicht ihr Selbst, sondern die Schuld von sich zu stoßen.

Sie war nicht billig, schmutzig und dumm. Nein! Nicht sie war dafür verantwortlich, dass mit ihr etwas nicht stimmte. Sie trug keine Schuld. Zumindest nicht für das, was damals geschehen war. Wie oft hatte Doktor Müller sie wohl missbraucht? Was hatte er ihrer Mutter erzählt? Pat erinnerte sich plötzlich daran, wie er damals erklärt hatte, sie sei promiskuitiv. Pat wusste damals nicht, was Doktor Müller damit meinte, sie hatte keine Ahnung. Sie war zwölf!

Kraftlos ließ sie sich auf den Boden der Duschkabine sinken, während das warme Wasser auf sie prasselte. Würde jetzt alles gut werden? Jetzt, da sie den Grund für ihre Störung kannte? Konnte sie diese Wahrheit annehmen, genau wie die Symptome? Wäre sie stark genug, in dieser Wahrheit eine Chance zu sehen?

Aber wer sollte sie denn jetzt noch lieben? Ihre Krankheit war das eine, aber jetzt war sie nicht nur beschädigt, sondern kaputt! Niemals würde sie ein Mann so lieben, wie sie es sich erhoffte. Männer wollten normale Frauen, unbeschädigte Ware. Keine Frau, die ihre Vergangenheit verdrängt, ihre Wurzeln gekappt und sich ihr halbes Leben an nur eine Erinnerung geklammert hatte, die an den jungen Patrick unter dem Apfelbaum.

»Pat?«

Und plötzlich stand dieser Patrick vor ihr. Groß und schön. Mit diesen wunderbar blauen Augen.

»Pat, geht es dir gut?«

Natürlich ging es ihr nicht gut. Wie auch? Sie fühlte sich so furchtbar allein.

So verletzlich und schwach.

Noch nie hatte sie jemand so gesehen.

Schluchzend hielt sie sich die Hände vor ihre Augen. Die Tränen wollten einfach nicht versiegen. Das Zittern wollte einfach nicht vergehen.

Sie schämte sich so sehr.

Die Stille im Prasseln der Dusche war geradezu ohrenbetäubend. Fast hoffte sie darauf, dass Patrick etwas sagte. Irgendetwas, das diese peinliche Stille verdrängte. Ewas, woran sie sich orientieren, Halt finden konnte.

Doch Patrick sagte nichts.

Stattdessen spürte sie ihn, wie er sie aufhob, ihren nackten Körper in die Arme nahm. Es schien ihm egal zu sein, dass aus dem Duschkopf über ihnen immer noch das Wasser prasselte. Binnen Sekunden war er nass bis auf die Haut. Er achtete nicht darauf, griff lediglich nach ihrem Badetuch, schlang es im Gehen um ihren zitternden Leib und brachte Pat ins Wohnzimmer. Dort legte er sie auf die Couch, strich ihr eine feuchte Strähne aus dem Gesicht und küsste sie.

Seine Lippen fanden ihre. Pat öffnete sie und empfing seine Zunge, die heiß und fordernd in ihren Mund drang. Sie erwiderte seinen Kuss, vergrub ihre Finger in seinem nassen Haar.

Er wollte sie, obwohl sie kaputt war.

Wasser tropfte auf ihre Wange, wo es sich mit ihren Tränen vereinigte, die nun keine Boten von Trauer und Einsamkeit waren, sondern vielmehr stumme Zeugen einer emotionalen Explosion.

Wieder löste dieser Mann etwas in ihr aus. Keine Erinnerungen, die gehörten jetzt zu ihr. Und es war auch nicht nur die Gier nach Leidenschaft, welche in ihr wuchs und mehr forderte. Ihr Herz galoppierte ungestüm wie ein wildes Pferd in der Prärie. Da war dieses neue Gefühl, das sie schwindlig machte. Und dieser Kuss, in dem all ihre Sehnsucht plötzlich Nahrung fand.

Wie eine Ertrinkende atmete sie tief ein, als er sich von ihr löste, sie freigab, um Luft zu holen. Langsam öffnete sie die Augen, schämte sich nicht für ihr lautes Seufzen. Er war so schön, wie er vor ihr kniete, die Wangen gerötet, ein Lächeln auf den Lippen, von denen sie sich nichts sehnlicher wünschte, als dass sie ihren Körper erforschten, jeden Nanometer mit einem Kuss bedeckten.

In seinem Blick fand sie den Zwiespalt aus Lust und Besorgnis. Augenscheinlich wollte er sie, andererseits ihre missliche Lage nicht ausnutzen. Pat nahm ihm die Zweifel, warf das feuchte Badetuch von sich, setzte sich auf, stellte ihre Füße neben ihm auf den Boden, bis sie seine feuchte Jeans zwischen ihren Schenkeln spürte. Dann zog sie ihm das nasse T-Shirt aus, drängte sich an ihn und ließ ihre Zunge über seine Brust wandern, hinauf zu seinem Hals. Im Rauschen ihres viel zu schnellen Pulses hörte sie ihn keuchen. Die Zeit blieb stehen, als er ihren nackten Körper von sich schob, sanft gegen die Lehne der Couch drückte. Seine Hände waren überall. Auf ihren Beinen, ihrem Bauch, ihren Brüsten.

Pat schloss die Augen, nahm ihre Arme hoch und hielt sich an der Lehne der Couch fest, während seine Finger ihre sensibelsten Stellen massierten. Er umfing ihre Brüste, stimulierte ihre Nippel mit den Daumen, während seine Zunge ihre Scham liebkoste.

Endlich!

Die Bilder von damals zuckten durch ihren Kopf. Als sie an diesem Nachmittag im Park zum ersten Mal die Zunge eines Jungen an ihrer geheimsten Stelle spürte. Es war der falsche Junge gewesen, ein billiges Plagiat – wie alle anderen, die folgten.

Zehn Jahre hatte ihr Unterbewusstsein darauf gewartet, dass Patrick dieser Junge sein würde.

Und jetzt war er da.

Wie von selbst öffneten sich ihre Schenkel, sie stellte die Füße auf die Sitzfläche der Couch, gab sich diesem wunderschönen Mann hin, der ihr Schmetterlinge in den Bauch zauberte.

Vergessen waren die Zweifel.

Vergessen war die Angst.

Sie spürte, wie seine Bartstoppeln an ihren Schamlippen kratzten. Aber es war nicht unangenehm, nein. Jede Faser ihres Körpers sehnte sich nach seiner Berührung. Die ersten Wellen der Lust brandeten in ihrem Inneren, als seine Hände ihre Schenkel umfingen, während seine Zunge in sie eindrang. Nicht jeder Mann beherrschte die Kunst des Cunnilingus. Patrick schon. Und wie! Er leckte ihre feuchter werdende Mitte, fand die Knospe der Leidenschaft, saugte an ihr, gab sie wieder frei, um sie dann ein weiteres Mal fest zwischen seine Lippen zu nehmen. Heiß durchzuckte es ihren Unterleib, hemmungslos bäumte sie sich auf, reckte Patrick ihre Vulva entgegen, die längst bereit war, ihn in sich aufzunehmen.

Hektisch zerrte er sich die nasse Jeans vom Hintern – gerade so weit, dass sich sein praller Penis zur vollen wunderschönen Größe aufrichten konnte. Pat öffnete die Augen, fand seinen Blick, in dem ein letztes Zögern flammte, dann lächelte sie und Patrick verstand. Immer noch auf dem Boden kniend, presste er sich an sie, umfasste ihre Kniekehlen, spreizte ihre Beine, beugte sie über sie, bis seine Lippen erneut die ihren fanden. Der Kuss war jetzt weniger sanft, sondern motiviert von der Leidenschaft zweier Liebender.

Ruckartig drang er in sie ein.

Hungrig!

Und Pat empfing ihn, schloss ihre Schenkel um seine sich rhythmisch bewegenden Lenden, beschleunigte mit ihren überkreuzten Füßen den

Takt, stöhnte unter seinen schneller werdenden Stößen und schrie mit tränenerstickter Stimme, als der Orgasmus sie überrollte.

MAMA

Ein Klingeln riss sie unsanft aus ihren süßen Träumen. Ein Poltern folgte.

Noch eben hatte sie an einem weißen Strand gelegen und den heißen Wind der Südsee auf ihrer Haut gespürt, welche so nackt war wie die des Mannes, in dessen Armen sie lag …

Pat öffnete die Augen. Das Klingeln stammte von ihrem Telefon. Und das Poltern?

Sie lag immer noch auf der Couch. Gehüllt in eine flauschige Decke. Im Kamin loderte ein Feuer, das die Temperatur in dem kleinen Ferienhaus auf tropische Grade brachte. Und dieser Mann, der eigentlich neben ihr liegen sollte, an diesem Strand in der Südsee, hantierte in ihrer Küche. Der Duft nach gebratenem Gemüse wehte zu ihr herüber … genau wie dieses verfluchte Klingeln ihres Handys.

Pat zerrte wütend an der Decke, die um ihre Füße gewickelt war. Dann stand sie auf und stapfte in die Richtung des nervenden Geräuschs.

Vorbei an Patrick, der mit dem Rücken zu ihr stand und in einem Topf rührte.

»Hallo!?«, rief sie viel zu energisch in ihr Smartphone, das sie nach einer gefühlten Ewigkeit aus der Tasche ihrer Jacke gefummelt hatte. Das Klingeln war zwischendurch erstorben und Pat wollte es schon glücklich wieder zurück in die Jacke stecken, als es erneut zum Leben erwachte. Ohne auf das Display zu schauen, hatte sie das Gespräch angenommen und zornig in den Hörer gebrüllt.

»Wie ich höre, bist du am Leben.«

Mama!

»Warum denn auch nicht?«

»Dein Bruder hat mich angerufen, weil du vorhin am Telefon so seltsam geklungen hast. Er macht sich Sorgen um dich, Liebes.«

Warum hat dieser Verräter ausgerechnet diese Frau angerufen?

Alex würde sich von ihr noch etwas anhören können. Bei allem Verständnis für seine Sorgen, war es ein absolutes No-Go, in einer Situation wie dieser ihre Mutter anzurufen. Er wusste doch genau, wie sehr Pat ihre Anrufe und Bevormundungen quälten.

Gerade heute.

Gerade jetzt!

Nach diesem unbeschreiblichen Sex und der Tatsache, dass Patrick immer noch da war und sogar für sie kochte. Abgesehen von dem unfassbaren Umstand, dass ihre eigene Mutter damals von dem Missbrauch gewusst und ihn scheinbar sorgfältig vertuscht hatte, indem sie Pat auf welche Weise auch immer so manipuliert hatte, dass diese ihre Erinnerungen an die schmutzigen Therapiestunden bei Doktor Müller komplett verdrängte.

Bis heute!

Seit heute war alles anders.

Tausend Gedanken rasten durch Pats Kopf, während ihre Mutter in gewohnt steriler Art in den Hörer säuselte, als wäre Pat immer noch dreizehn. Sie hörte kaum hin. Stattdessen schaute sie dem wunderschönen Mann in ihrer Küche dabei zu, wie er dampfende Spaghetti abgoss und dann zwei Steaks in eine Pfanne mit blubberndem Öl gab. Es zischte um einiges ansprechender als die Stimme ihrer Mutter, die einfach nicht aufhören wollte, ihr zu erklären, wie große Sorgen sie sich machte und dass Pat nicht immer so egoistisch sein sollte, alle im Unklaren zu lassen, die an ihrem Wohlergehen interessiert seien.

Wie sie diese Vorhaltungen hasste.

Seit heute mehr denn je.

»Patrizia? Bist du noch da? Was zischt denn da bei dir? Alles in Ordnung? Sag doch mal was, Liebes! Patri…«

»Ja, Mama. Ich bin noch dran und habe nur gewartet, bis du mal Luft holst.«

»Liebes, was bist du denn gleich wieder so aufgebracht? Nimmst du auch brav deine Medikamente?«

Das eben noch so wohlige Gefühl in ihrem Herzen machte Platz für etwas sehr viel Dunkleres. Bilder zuckten vor Pats geistigem Auge, als sie durch die Küche ins Schlafzimmer lief. Sie war wieder dreizehn. Ihre Mutter wusch ihr Gesicht, schrubbte ihre Zähne … riss ihr das Hello-Kitty-

Shirt grob über den Kopf. Das mit dem Sperma des feinen Herrn Doktor Müller besudelt war!

Du bist schmutzig, billig und dumm!

Als ihre Mutter weiter ohne Punkt und Komma in den Hörer säuselte, schloss Pat die Schlafzimmertür und krallte ihre freie Hand in den derben Stoff des Vorhangs. Um Fassung ringend, starrte sie aus dem Fenster, obwohl sie nicht mehr als ihr eigenes Spiegelbild im Dunkel der Scheibe erkannte. Vielleicht war genau diese Reflexion ihrer Selbst der Funken, der das sprichwörtliche Fass zum Überlaufen brachte.

Als würde sie Anlauf nehmen, holte Pat Luft, atmete einmal tief durch und spuckte die folgenden Worte in den Hörer: »Ja, Mama. Mir geht es gut. Hervorragend sogar. Weit weg von deiner egozentrischen Gängelei, deiner verlogenen Heile-Welt-Kulisse. Vorhin wollte ich mich umbringen, aber dann habe ich mich erinnert. An ALLES! Und gerade eben hatte ich grandiosen Sex. Mit Patrick!«

Am anderen Ende der Leitung herrschte Stille. Pat wusste, wie ihre Mutter auf diesen Namen reagierte. War sie es doch damals gewesen, die ihre zarte Liebe zu diesem Jungen im Keim erstickt hatte, als Pat ihr erklärte, dass sie wegen ihm nicht auf ein Schweizer Internat wollte, sondern viel lieber wieder in ihre Schule gehen würde, um dem Jungen wieder zu begegnen, der sie so wunderbar geküsst hatte. Die Reaktion ihrer Mutter war damals eine Mischung aus Panik und Wut gewesen. Unmissverständlich hatte sie Pat klargemacht, dass dieser Junge nur den USB-Stick haben wollte und nicht an ihr interessiert sei. Pat wollte es damals nicht glauben und glaubte es auch heute noch nicht. Und genau deshalb ließ sie ihre Mutter jetzt im Unklaren, um welchen Patrick es sich handelte.

»Ja, Mama. Du weißt doch: Ich bin schmutzig, billig und dumm. Deshalb habe ich mir auch gerade das Hirn aus meinem hübschen Kopf vögeln lassen. Und nach dem Essen werde ich Patrick noch einen blasen. Ich werde seinen Schwanz ganz tief in den Mund nehmen und brav daran saugen, bis er spritzend kommt. Wie bei Doktor Müller damals. Du weißt doch, ich bin promiskuitiv! Und nein, Mama, du musst mir danach nicht die Zähne putzen. Das schaffe ich allein. Ich bin nämlich schon groß. Weißt du? Anders als damals, als ich deine Hilfe gebraucht hätte.«

Pat rang nach Luft, als wäre sie gerade einen Marathon gelaufen. Sie musste ruhig bleiben, durfte jetzt keineswegs ausflippen. Es war schwer genug, ihre Mutter nicht anzubrüllen, sondern ihren subtilen Vorwurf so leise wie möglich in den Hörer zu spucken. Nicht wegen ihrer Mutter, sondern wegen Patrick. Er glaubte wahrscheinlich ohnehin, dass sie verrückt war. Aber deshalb musste sie es mit einem lautstarken Ausraster nicht noch schlimmer machen.

»Was? Liebes! Lass mich erklären ...«

»Nein, Mama. Da gibt es nichts zu erklären. Du hast geduldet, dass dieser Doktor Müller ... Ach, egal. Weißt du was? MAMA! Fahr zur Hölle!«

Mit einem simplen Tastendruck katapultierte Pat diese Frau, die den Namen ›Mutter‹ nicht verdient hatte, aus ihrem Leben. Zumindest vorerst. Ohne Angst, ohne ein schlechtes Gewissen.

Zum ersten Mal!

Dann schaltete sie den Ton ihres Smartphones aus und warf es auf den Nachttisch. Dorthin, wo sonst die kleine Dose mit ihren Tabletten gestanden hatte. Eine Stimme in ihr gab Pat den Rat, zwei von den Stimmungsstabilisatoren zu nehmen, die sie ruhig machten. Doch Pat wollte nicht ruhig sein. Sie schüttelte ihre schmerzende Hand, die bis eben den Stoff der Gardine fest umklammert hatte. Wieder begegnete sie ihrem Spiegelbild im Dunkel der Fensterscheibe.

Ich bin nicht schmutzig. Ich bin nicht billig. ICH BIN NICHT DUMM!, dröhnte es in ihrem Kopf. Sie konzentrierte sich auf ihre Atmung, bis ihr Puls eine halbwegs akzeptable Frequenz erreichte. Dann schenkte sie ihrem Spiegelbild ein Lächeln und ging zurück in die Küche.

Zurück zu Patrick.

Dieser wunderbare Mann schaltete gerade den Herd aus und schob die Pfanne von der heißen Platte. Die Steaks sahen köstlich aus und dufteten auch so. Der Hunger meldete sich in Pats Magen, doch etwas anderes erregte ihren Appetit.

Sie war immer noch nackt. Patrick trug lediglich ein Handtuch um die Hüften. Seine Sachen trockneten auf einem Stuhl vor dem Kamin.

Welch glückliche Fügung, dachte Pat und schmiegte sich an Patricks Rücken. Ihre Finger glitten an seinem Bauch entlang, fanden den Weg unter den weichen Frotteestoff, tasteten nach dem, was besser war als alle Beruhigungspillen dieser Welt. Der Penis in ihrer Hand gewann an Größe. Sanft knetete sie die zarte Haut, massierte die Eichel, bis deren Besitzer den Kopf in den Nacken legte und leise stöhnte.

»Die Steaks werden kalt«, keuchte Patrick, während sie seinen Schwanz prall in ihrer Hand spürte.

»Liebe mich!«

Das Handtuch fiel zu Boden, als Patrick sich umdrehte. Pat wich einen Schritt zurück, ihr Blick hatte etwas Katzenhaftes. Lasziv schaute sie ihn an, platzierte ihren Hintern auf dem Esstisch, schob die bereitgestellten Teller ans hintere Ende, stemmte ihre Hände auf die Tischplatte und streckte den Rücken durch.

»Liebe mich hart!«

Nur einen Wimpernschlag später fanden ihre Körper wie von selbst ineinander. Es bedurfte keiner Führung, keiner Korrektur. Patrick versenkte sich zwischen ihren gespreizten Schenkeln, als hätte er dies schon tausend Mal getan.

Die Teller klirrten auf dem Tisch, der unter seiner bebenden Last über den Holzboden schabte. Anders als er wurde Pat mit jedem Stoß von ihrer Last befreit. Patrick liebte sie. Hart und leidenschaftlich. Ihre schwitzenden Körper verschmolzen im Rhythmus der Lust. Pats Finger klammerten sich um die Tischplatte, während seine Hände im Augenblick der höchsten Erfüllung ihren Unterleib gegen seine Lenden pressten.

Keuchend verharrten sie in schweißnasser Umarmung. Die Hitze des Kamins brannte in Pats Rücken, doch sie war nichts im Vergleich zu dem Feuer in ihrem Innern. Sie hatte viele Männer und aufregenden Sex gehabt, aber das hier war anders. Vielleicht lag es an den Erinnerungen. An diesem Ort. Dem emotionalen Chaos. Dem Tablettenentzug.

Pat war es egal.

Jetzt wollte sie einfach nur genießen – ohne quälende Fragen nach dem Warum, die ebendiesen großartigen Augenblick zerstören würden.

Patrick richtete sich auf. Seine blauen Augen leuchteten, als er sie ansah. So viel Gefühl lag in diesem Blick. Ihr halbes Leben hatte sie sich danach gesehnt, in diese Augen sehen zu dürfen, diesen Körper spüren zu können.

Patrick war und ist ihre Wurzel. In seinen Armen fühlte sie sich nicht nur geborgen, sondern irgendwie zu Hause.

Alles ist so anders!

Es schien fast so, als bedurfte ihre Zweisamkeit kaum Worte. Es bestand nicht die Notwendigkeit der Erklärung. Patrick hob das Handtuch auf und hängte es über die Lehne eines der Stühle. Dann küsste er Pat, streichelte sanft ihr Gesicht und half ihr vom Tisch herunter. Sie setzte sich, schob die Teller zurück an ihren Platz. Er stellte die Pfanne mit den Steaks sowie die Töpfe mit den Nudeln und der Soße dazu. Beide blieben sie nackt, während sie sich dem Genuss des Essens hingaben.

ILLUSION

Sie blieben nackt. Zwei Tage lang. Und genossen all jene süßen Verführungen, welche die Liebe und ein voller Kühlschrank mit sich brachten. Zwischen dem Essen und der Lust unternahmen sie lange Spaziergänge am Strand, liefen zumeist stumm nebeneinander her. Pat war es gewohnt, dass die Männer in ihrem Leben nicht viel sprachen. Bis auf ihren Bruder Alex natürlich.

Aber mit Patrick war es anders. Er hörte ihr zu, als sie ihm von ihrem Leben erzählte. Von Glanz und Gloria, vom Alleinsein. Er ertrug ihr unstetes Wesen, ließ sie am Strand über Steine hüpfen und laut in das Tosen der Ostsee schreien. Er fragte nicht nach, als er sie nachts auf der Terrasse fand – nackt und hysterisch kichernd. Er schien sie so zu nehmen, wie sie war: kaputt.

Das erste Mal in ihrem Leben fühlte sie sich angenommen, stand nicht unter dem Druck, sich verstellen zu müssen. Natürlich erzählte sie ihm nichts von ihrer Krankheit, Doktor Müller und dem Umstand, dass sie eine tickende Zeitbombe war. Irgendwie hatte sie das Gefühl, er verstand sie auch so. Ohne große Erklärungen.

Während er schlief und die Manie sie hellwach sein ließ, recherchierte Pat im Internet über Kindesmissbrauch und wie vor allem Mütter von betroffenen Mädchen damit umgingen. Es war neu für Pat, sich so frei und offensiv mit sich selbst und ihrer Vergangenheit auseinanderzusetzen. Stundenlang las sie Erfahrungsberichte, Fachartikel über all jene Krankheiten, die der feine Herr Doktor Müller einst diagnostiziert hatte, und durchstöberte die zahlreichen Foren. Es gab so viele da draußen, denen es ähnlich erging wie ihr. Je intensiver sie sich damit befasste, desto mehr verschwamm die Vorstellung einer Normalität, von der Pat bisher immer geglaubt hatte, dass sie existierte.

Allein im Jahre 2017 wurden in Deutschland 13.539 Fälle von Kindesmissbrauch polizeilich erfasst. Die Dunkelziffer sei hoch, hieß es. Man gehe von etwa 30.000 Fällen aus, in denen Jahr für Jahr überwiegend Mädchen aber auch Jungen Opfer sexueller Übergriffe wurden.

Pat weinte, als sie die Zahlen las. Mit dem Taschenrechner ihres Handys rechnete sie aus, wie viele Kinder pro Tag in Deutschland missbraucht wurden.

Das sind über achtzig unschuldige Seelen an jedem gottverfluchten Tag!

Der Gedanke, dass diese Zahl im weltweiten Vergleich zu einer schier unfassbaren Größe stieg, war kaum zu ertragen.

Aber so weh es auch tat, war das Gefühl, nicht mehr allein zu sein, überwältigend.

Selbstverständlich wusste Pat, dass es Missbrauch gab. Zeitungen, Bücher, Filme und Fernsehberichte – überall konnte man es lesen, hören, sehen. Aber die Tatsache, dass es so viele waren und sie letztlich dazugehörte, rückte die Fakten in eine andere Dimension.

Bisher hatte sie geglaubt, dass die Welt um sie herum normal sei und eben nur sie nicht hineinpasste. Dabei war diese Vorstellung reine Illusion – hervorgerufen von ihrer Mutter, die genauso wenig normal war wie Pat. Nicht normal sein konnte! Wie hatte sie es zulassen können, dass dieser Doktor Müller sie weiter behandelte, ihr bis heute Medikamente verschrieb, die vielleicht ihre bipolare Störung in Schach hielten, doch aber letztlich vor allem dafür sorgten, die Vergangenheit zu vertuschen, das schmutzige Geheimnis, welches ihm die Approbation und ihrer Mutter den guten Ruf kosten würde.

Diese Heuchler!

Deshalb tat es gut, nicht mehr die Augen zu verschließen, nicht mehr davonzulaufen, sondern sich dem zu stellen, was sie ausmachte. Auch wenn die Vergangenheit dunkel und schmutzig war, so war es doch nicht Pat. Nein! Nicht sie war schmutzig, billig und dumm, sondern ihre Mutter. Und Doktor Müller, dieses Dreckschwein!

Und Pat? Sie war eine von vielen. Als sie las, dass in Deutschland etwa zwei Millionen Menschen an einer bipolaren Störung leiden, war sie erst entsetzt, dann erstaunt und irgendwann fühlte sie sich nicht mehr so allein. Zwei Millionen! Die konnten doch nicht alle verrückt sein? Jedenfalls nicht so, wie Pats Mutter ihre Krankheit immer darstellte. Gerade als Teenager hatte Pat oft den Eindruck gehabt, als wollte ihre Mutter sie am liebsten zeitlebens wegsperren. Dabei litt sie nicht an Geisteskrankheit, sondern vielmehr an einer Dysfunktion der Regulation von Neurotransmittern in ihrem Gehirn. Mal hatte sie zu wenig dieser Botenstoffe und mal zu viel. Insofern war eine bipolare Störung doch nichts anderes als Diabetes – mal war das Leben süß und dann eben wieder nicht.

Pat legte ihr Handy auf den Nachttisch und schaute neben sich.

Patrick.

Warum musste sie sich bei ihm nicht verstellen? Weshalb ertrug er ihre Sprunghaftigkeit, ihre übersteigerte Euphorie? Lag es am Sex? Nein! Kein Mann, der nur ficken wollte, gab sich solche Mühe. Er hatte sie aus der Ostsee gefischt, ihr Essen gekocht, war mit ihr spazieren gegangen, hatte sie nachts von der Terrasse geholt … Er war Zeuge ihrer Entzugserscheinungen – und doch war er noch hier.

Warum?

Weil sie sich als Kinder begegnet waren?

War Pat für ihn vielleicht auch so etwas wie eine Wurzel, ein Zuhause?

Ahnte er, was mit ihr los war?

Kannte er vielleicht sogar die Symptome?

War er selbst betroffen?

Zwei Millionen Menschen kannten in Deutschland ein Leben zwischen Manie und Depression. Die Wahrscheinlichkeit war demnach relativ hoch, dass Patrick in irgendeiner Weise betroffen war. Es konnte doch sein, dass er ...

Sollte sie ihn fragen?

Nein!

Dieser Mann, der gerade friedlich neben ihr schlief, dessen Hand auf ihrem Bauch ruhte, als wolle er sie beschützen, war letztlich ein Fremder – obwohl sie sich von früher kannten. Die vergangenen drei Tage waren die intensivsten ihres Lebens und gerade deshalb wollte Pat den Augenblick nicht zerstören. Außerdem war Patrick kein Mensch, der viel und gern erzählte. Er schien jemand zu sein, der lieber zuhörte. Pat dachte an einen Film, den sie vor einigen Jahren gesehen hatte. War es Meg Ryan in *Stadt der Engel* gewesen? Es ging darum, dass es möglich ist, mit einem Menschen zusammen zu sein und das Schweigen zu genießen. Mit Patrick konnte sie schweigen und sich dabei wohlfühlen. Sie liebte die Stille zwischen ihnen. Da war etwas Existenzielles, eine Vertrautheit, die pur war.

Doch die Zeit verstrich. Viel zu schnell. Der Moment rückte näher, da Linda zurückkehren würde. Und mit ihr die Realität des Alltags. Eine Mutter, die für ihr Kind einen Vater brauchte. Eine Frau, die ihren Mann nicht so einfach hergab. Nein, das würde Linda nicht tun. Auch wenn Pat sie kaum kannte, war sie empathisch genug, um zu wissen, dass Linda eine gute Mutter war, die es nicht verdient hatte, Patrick hier in diesem Liebesnest zu finden.

Er hatte heute Morgen mit ihr telefoniert. In zwei Stunden würde sie hier sein. Mit Lea, die sich auf Pat freute und noch weitere Bilder für sie gemalt hatte.

Ihr Herz zog sich schmerzhaft zusammen. Wie groß würde das Loch sein, in das sie dieses Mal fiel? Pat hatte schon viele Ups and Downs erlebt und überstanden. Doch die Leere, welche in ihr zurückbleiben würde, wenn Patrick ging, drohte sie bereits jetzt zu verschlingen.

Zwei Stunden.

Im Grunde blieben ihnen nicht mal die. Vielleicht hundert Minuten, die sie Zeit hatten, voneinander Abschied zu nehmen.

Hundert Minuten und die Uhr tickte.

Patrick rührte sich. Seine Hand glitt über die sanfte Rundung ihrer Hüfte. Gänsehaut überzog ihren Körper, der instinktiv auf seine Berührungen reagierte. Seufzend schmiegte sie sich mit dem Rücken an ihn, drehte den Kopf, um seinen Kuss zu empfangen. Er war anders als die Tage zuvor. Der bittere Geschmack von Wehmut lag darin.

Pat hob ihren Arm, streichelte seine Wange, während er ihre Brust massierte. Seine Lippen lösten sich von den ihren, wanderten über ihren ausgestreckten Arm, ihre Seite. Umschlossen ihre erregte Brustwarze, saugten daran. Seine Finger glitten über ihren Bauch, der sich im Liebesspiel hob und senkte, fanden Eintritt zwischen ihren Schenkeln, durchstießen das sensible Fleisch und versanken in Feuchtigkeit.

Und wie so oft in den vergangenen Tagen verschmolzen ihre Körper. Pat wünschte sich, dass ihre Seelen es ihnen gleichtaten. Sie schloss die

Augen und fühlte sich eins mit diesem Mann, der an diesem Abend im Bett einer anderen liegen würde. Tränen liefen über ihre vor Lust geröteten Wangen, als er in sie eindrang. Sanft dieses Mal. Und doch füllte er sie aus, bewegte sich in ihr – langsam, als hätten sie alle Zeit der Welt. Sie spürte ihn, liebte ihn ... und wünschte sich die Ewigkeit.

ERWACHEN

»Ich muss los.«

»Hm.«

»Pat, ich …«

»Ja, ich weiß. Du musst jetzt in dein altes Leben zurück. Zu deiner Frau. Und es tut dir leid. Ja, ich weiß.«

»Nein.«

»Was?«

»Nein, es tut mir nicht leid.«

Pat drehte sich um. Sah dem Mann, mit dem sie die glücklichsten drei Tage ihres Lebens verbracht hatte, in die wunderschönen blauen Augen. Versuchte, dort etwas zu finden. Etwas, das ihr Hoffnung gab. Doch … nein, wenn sie ehrlich war, dann wollte sie eigentlich nur, dass er ging. Wozu den Schmerz unnötig in die Länge ziehen? Das Leben war kein Liebesroman, kein ›Du bist die tollste Frau auf der Welt und ich werde um dich kämpfen und meine Frau verlassen und mein Leben aufgeben …‹

»Pat, ich …«

Hastig schlug sie die Augen nieder. Ja, sie wollte, dass er ging.

Jetzt!

Sofort!

Pat hasste Abschiede. Sie machten alles nur noch schlimmer. Wenn er jetzt ging, würde sie ein paar Pillen schlucken und sich ein weiteres Mal aus diesem Leben katapultieren, das sie hasste.

Schon immer!

Alles auf Anfang.

Irgendwie.

»Geh einfach!«

»Nein.«

»Was, nein? Was willst du noch? Linda wird in zwanzig Minuten hier auftauchen. Mit Lea! Willst du, dass sie uns hier finden?«

»Pat, ich bin nicht gut in solchen Dingen.«

»Dann lass es. Geh endlich!«

Und da waren sie wieder: diese verfluchten Tränen. Warum konnte er nicht einfach gehen? Warum musste er jetzt alles noch so viel schlimmer machen? Er sollte sie in Ruhe lassen, damit sie sich verkriechen konnte wie ein verletztes

Tier. Abschotten von der Welt, dieser beschissenen Welt, die immer nur aus Abschieden bestand.

»Geh! GEH, Patrick!«

Der Schmerz zerriss sie. Pat krümmte sich zusammen, vergrub sich unter der Bettdecke, die nach ihm roch. Sie wollte sich genau hier verkriechen und davon träumen, wie es wäre, wenn sie an Lindas Stelle jetzt zurück zu dem Ferienhaus käme, mit ihrer Tochter, zurück zu ihrem Mann.

Patrick.

Für einen Moment war sie wieder fünfzehn und stand im Kinderzimmer dieses Jungen, der ihr den ersten Kuss geschenkt hatte. Für einen USB-Stick!

Was tat ihr also weh? War es tatsächlich der Verlust, der ihr diese Stiche ins Herz jagte? War es die Ablehnung? Oder gar Liebe? Jene Liebe, wie sie in Hollywoodfilmen zum Happy End führte?

Nein!

Das Leben war nicht Hollywood. Und sie war nicht Meg Ryan. Patrick war nicht Nicolas Cage. Liebe war nur Illusion.

Oder?

Was wusste sie schon? Sie konnte doch nicht mal sich selbst lieben. Wie sollte es ihr also möglich sein, geliebt zu werden?

Sie war kaputt, missbraucht, beschädigt.

Die Realität war grausam.

Aber sie war nicht verrückt, nicht Psycho-Pat. Sie gehörte nicht eingesperrt. Es war möglich, mit dieser Krankheit zu leben. Zwei Millionen Menschen taten das in Deutschland. Warum also nicht auch sie? Pat, einfach nur Pat!

Nicht die Liebe war eine Illusion, sondern die Angst. Liebe konnte wahrhaftig sein. Patrick hatte ihr Liebe geschenkt. Nicht für die Ewigkeit, aber in diesen vergangenen drei Tagen hatte er ihr gezeigt, dass es möglich war, sie zu lieben, mit ihr zu leben.

Wie gern würde sie an Lindas Stelle sein.

Noch fünfzehn Minuten.

Gleich würde sie zurückkommen. Mit ihrer Tochter. Lea, die sich auf Pat freute und ihr Bilder gemalt hatte. Selbst dieses kleine Mädchen empfand etwas für sie.

Ja, Liebe konnte wahrhaftig sein.

Vielleicht nicht so, wie man sie sich erhoffte. Anders.

Man musste nur die Augen öffnen und sein Herz.

War es das?

War es tatsächlich so einfach?

»Pat, du bist der einsamste Mensch, den ich jemals getroffen habe.«

Warum sagte er das? Gerade jetzt, als sie einen Funken Hoffnung in sich spürte.

»Hau doch endlich ab! Du musst dich jetzt nicht wie ein Arschloch benehmen, damit ich dich schneller vergesse oder so. Ich schaffe das schon. Ich habe es immer geschafft.«

»Natürlich«, sagte er und verließ das Bett. Wortlos zog er sich an. Pat beobachtete ihn, auch wenn Tränen ihre Sicht trübten. Ja, sie würde es schaffen. Und wenn nicht, dann wäre es auch egal. Wen interessierte es schon?

Während er sein Handy vom Nachttisch nahm und seine Uhr ums Handgelenk band, setzte er sich auf die Kante des Bettes. Behutsam wischte er Pat die Tränen aus dem Gesicht, strich ihr eine Strähne hinters Ohr und schaute sie an.

In seinen Augen, seinen wunderschönen blauen Augen, war so viel Liebe, so viel Schmerz, so viel ...

Als Pat den Mund öffnete, um ihm erneut zu sagen, dass er endlich verschwinden sollte, legte er einen Finger auf ihre Lippen.

»Pat, lass mich bitte ausreden. Okay?«

Was soll das jetzt?

Pat hatte keine Ahnung, was er ihr jetzt noch sagen wollte. Es schien etwas Ernstes zu sein, jedenfalls schaute Patrick ernst. Also schwieg sie. Was hatte sie schon zu verlieren? War doch eh alles egal. Patrick holte tief Luft.

»Pat, die vergangenen Tage waren wunderschön. Und ich weiß, dass du dich jetzt furchtbar fühlst. Irgendwie ausgenutzt und alleingelassen. Das ist auch dein gutes Recht. Und natürlich könnte ich jetzt etwas sagen, wie: Das ist mir noch nie passiert. Eigentlich bin ich treu, aber du bist so unfassbar überwältigend und wunderschön ...«

Wieder wollte sie etwas sagen, ihm eine Gemeinheit an den Kopf werfen, doch sein Zeigefinger ruhte immer noch auf ihren Lippen. Er nahm ihn weg und streichelte erneut ihre Wange.

»Natürlich bist du wunderschön und auch überwältigend. Aber das haben dir schon unzählige Männer gesagt. Und es werden sicherlich noch viele tun. Wahrscheinlich kannst du es schon nicht mehr hören.«

Er schenkte ihr ein Lächeln, in dem keine Freude war. Dafür eine Wärme, die Pat weitere Tränen in die Augen trieb. Sie schniefte, schwieg aber.

»Du weißt, wie du aussiehst und was du für eine Wirkung auf deine Umwelt hast. Nicht umsonst bist du ein erfolgreiches Model. Na ja oder warst es. Vielleicht ist das deine Chance, Pat. Vielleicht ist es richtig und wichtig, dass du ›Glanz und Gloria‹ hinter dir lässt und im Schlabberlook erkennst, wie schön du wirklich bist.«

Sie schaute ihn fragend an.

Was?

Er schüttelte den Kopf, lächelte freudlos und sprach dann weiter: »Pat, ich weiß, es steht mir nicht zu, über dich zu urteilen. Nicht, weil wir uns kaum kennen. Obwohl ich denke, wir haben in den wenigen Stunden und den nicht gerade langen Gesprächen doch mehr über uns erfahren, als so manche Menschen, die uns nahestehen. Wir kennen uns, und das nicht nur, weil wir mit fünfzehn verliebt ineinander waren. Da ist etwas zwischen uns, etwas Großes. Und doch reicht dieses Etwas nicht, um alles andere da draußen kaputtzuschlagen. Mir reicht es nicht. Und willst du wissen warum?«

Wollte sie das? Wollte sie noch mehr hören? Der überwiegende Teil ihres Geistes sträubte sich, wie er es schon immer getan hatte, wenn es um sie ging. Und Patrick hatte kein Recht, so mit ihr zu sprechen. Er tat ihr weh, schon wieder … und doch, ein kleiner Funke in ihr forderte, dass sie ihn ausreden ließ. Also nickte sie zaghaft.

»Weil ich ein feiges Arschloch bin. Wir sind uns ähnlicher, als du vielleicht denkst. Wir verstecken uns hinter hübschen Fassaden, ergötzen uns daran, wenn wir Menschen begegnen, die unsere Körper begehren, uns sagen, wie attraktiv wir sind. Und doch wissen wir im Grunde unseres

Herzens, dass kein Kompliment, keine Zärtlichkeit uns letztlich die Liebe schenken kann, die wir uns so sehnlich wünschen, weil wir glauben, hässlich zu sein. Habe ich recht?«

Pat war verwirrt. Warum erzählte er ihr das alles? So viel hatte Patrick in drei Tagen nicht gesagt. Warum gerade jetzt?

»Habe ich recht, Patrizia?«

Sie nickte. Automatisch. Wie sie es immer tat, wenn jemand ihren vollständigen Namen benutzte. Wie ein dressiertes Hündchen.

Wieder lächelte er. Die Wärme in dieser Geste war verschwunden.

»Nein, Pat. Ich bitte dich, nur dieses eine Mal, höre mir zu und sei ehrlich. Bitte!«

»Warum? Du bist in drei Minuten aus meinem Bett verschwunden, aus meinem Leben! Also, sag mir, WAS WILLST DU?«

»Ich will, dass du ein einziges Mal ehrlich bist. Vielleicht irre ich mich auch und du bist eben nicht wie ich. Aber irgendetwas in mir erkannte dich – damals, unter dem Apfelbaum, neulich, als du allein am Strand standst. Du sahst so verloren aus.«

Pat presste die Lippen aufeinander. Die Qualität des Schmerzes hatte sich verändert. Das Ziehen in ihrem Bauch rührte jetzt von der Erkenntnis, dass Patrick recht hatte. Ja, sie wünschte sich, geliebt zu werden. Andererseits wusste sie nicht, wie sie eine solche Liebe annehmen sollte.

Ja, sie war verloren. Und ja, sie war einsam. Erst hier in Dänemark – abseits von Glanz und Gloria – hatte sie gelernt, wie einsam sie war. Aber sie hatte noch etwas gelernt, dass sie ganz sicher nicht schmutzig, billig und dumm war, sondern eine von vielen, die ein ähnliches Schicksal erlitten hatten.

Aber was brachte ihr diese Erkenntnis? Fühlte sie sich damit weniger hässlich? Brachte es sie jetzt irgendwie weiter, wenn Patrick von Seelenverwandtschaft laberte?

»Pat, wir sind uns sehr ähnlich.«

Ha, jetzt kommt es bestimmt gleich: seelenverwandt, Bauchgefühl …

»Nur gibt es einen gravierenden Unterschied zwischen uns.«

Was?

Jetzt war sie es, die sich die Tränen wegwischte. Interessiert setzte sie sich auf. Was meinte er?

»Ich bin ein Feigling. Ein Kerl, der oberflächlich ist, der lügt und betrügt. Ich bin ein notorischer Fremdgeher, weil ich süchtig bin nach bewundernden Blicken, dem heißen Begehren einer Frau. Vieler Frauen! Ich bin ein gottverdammter Narzisst. Ich werde niemals Verantwortung übernehmen, und wenn ich irgendwann alt und faltig bin, werde ich wahrscheinlich Pillen schlucken oder mir die Pulsadern aufschneiden, weil ich dann spüre, wie verdammt einsam ich bin. Dabei weiß ich es schon heute. Doch im Gegensatz zu dir bin ich tatsächlich schwach.«

Wieder wollte Pat etwas entgegnen, doch er hielt sie zurück. Die Zeit raste, er hatte keine Minute mehr und doch sprach er weiter: »Ich weiß, das hört sich jetzt nach Jammern an, aber hey, ich hatte genügend traurige Intermezzi, um zu wissen, was Männer ihren Geliebten sagen, wenn sie zurück zu ihren Frauen gehen. Nein, ich werde dir jetzt nicht sagen, dass du etwas Besseres verdient hast und schon bald den Richtigen finden wirst. Stattdessen möchte ich dir Mut machen. Sei nicht so ein Feigling wie ich. Lebe, Pat! Ja, es gibt ein Leben nach dem Laufsteg, abseits des Blitzlichtgewitters. Vielleicht wirst du dich auch noch die nächsten Jahre nach der großen Liebe sehnen, aber ich bin mir sicher, dass du sie finden wirst. Und das sage ich jetzt nicht, um dich zu trösten, sondern weil ich es dir von Herzen wünsche. Denn du bist ein liebenswerter Mensch. Du bist ein wertvoller Mensch. Und das sage ich wohl bemerkt, nachdem wir wirklich großartigen Sex hatten. Also musst du mir das jetzt wohl glauben.«

Sein Lächeln gewann wieder an Wärme. Die Falte zwischen seinen Augenbrauen verschwand.

»Schau mich an, ich habe Linda gefunden. Ich weiß, sie hat etwas Besseres verdient als mich selbstverliebten Hurenbock. Aber sie erträgt mich so, wie ich bin. Auch wenn es für sie schwer ist. Und trotzdem fordert sie von mir nicht, dass ich mich verbiege, sondern sie akzeptiert mich und meine Macken, und dafür liebe ich sie. Auf meine Weise. Und deshalb werde ich sie niemals verlassen. Verstehst du, Pat?«

Sie wusste nicht, ob sie das verstand. Für sie war Linda bisher eine schwache, naive Frau gewesen, die ihren Mann anhimmelte und die Augen vor der Realität verschloss. Aber war sie wirklich schwach? Aus Patricks Blickwinkel wirkte Linda plötzlich unglaublich stark, weil sie ihn liebte, wie er war – mit all seinen Fehlern.

War es möglich, dass auch sie einen solchen Menschen fand?

Patrick war aufgestanden.

Noch zehn Minuten.

»Ich wünsche dir, dass du die alten Geister der Vergangenheit ans Licht holst, dass du die Kraft hast, dich ihnen zu stellen.«

»Was?« Pat schob die Decke beiseite. »Woher ...?«

»Du redest im Schlaf. Ich weiß nicht, wogegen du kämpfst, Pat. Aber es müssen mächtige Geister sein. Doch anders als ich hast du noch längst nicht aufgegeben. Was auch immer du im kalten Wasser der Ostsee gesucht hast, du scheinst es gefunden zu haben. An diesem Tag war ich mir noch nicht sicher, ob du tatsächlich stark genug bist oder dich umbringen willst. Deshalb war es kein

Zufall, dass ich dort gewesen bin. Ich bin dir nachgegangen, weil ich gesehen habe, dass du nach einer gefühlten Ewigkeit das erste Mal das Haus verlassen hast und im Übrigen furchtbar aussahst. Du hast Leas Bild ignoriert, obwohl es direkt vor deinen Füßen lag. Du hattest für nichts Augen außer für diese Dämonen in dir.«

Er sah auf die Uhr.

Dieser Abschied war plötzlich so anders! Da war kein Frust mehr und auch keine Illusion, keine Hoffnung, dass er blieb, keine Angst, dass er ging.

»Pat, versprich deinem alten Klassenkameraden, versprich dem Jungen unter dem Apfelbaum, dass du dich diesen Dämonen stellen und den Krieg gewinnen wirst. Tu es für dich und ein kleines bisschen auch für mich.«

Jetzt war es Patrick, der weinte. Als hätte er die Wehmut von Pats Herz genommen, fühlte sie sich plötzlich frei wie noch nie. Sie stand nun ebenfalls auf, ging auf ihn zu und strich ihm zärtlich über die Wange. Dann küsste sie ihn ein letztes Mal und nickte schließlich.

»Stimmt. Wir sind irgendwie aus demselben verkorksten Holz. Da ist ein Funken in mir, der neu ist und zunehmend an Kraft gewinnt. Ich weiß nicht, ob es dieser Ort ist, eine Anhäufung von Umständen, du oder gar Schicksal. Aber eines weiß ich, dass es tatsächlich an der Zeit ist, durch die Oberflächlichkeiten zu tauchen – bis in den Abgrund, um dort mal so richtig durchzuwischen.«

Und ein drittes Mal hatte der Schmerz in ihrem Innern sich gewandelt, Platz gemacht für diesen Funken in ihr, der – wenngleich er noch winzig war – wohlige Wärme verbreitete. Nun hatte Pat ein Lächeln zu verschenken und Patrick nahm es dankbar an.

ABSCHIED

Und jedem Anfang wohnt ein Zauber inne,
Der uns beschützt und der uns hilft, zu leben.

Seit sie fünfzehn war, liebte Pat dieses Gedicht von Hermann Hesse. Vieles von damals war in Vergessenheit geraten, nicht aber dieses Gedicht. Es hatte in einem Brief gestanden – in einem von insgesamt dreißig, die ihr Bruder in die Jugendpsychiatrie geschickt hatte.

Pat hatte ihm längst verziehen. Alex war kein Verräter, nur weil er ihre Mutter angerufen hatte. Alex war Alex.
Ihr Bruder.
Der einzige Halt in Pats Leben.
Ihr Anker.
Ihr Fels in der Brandung.
Wie konnte sie ihm böse sein?

Behutsam faltete sie seinen Brief von damals auseinander. In den vergangenen Stunden hatte sie ihn wohl tausend Mal gelesen. Diesen und all die anderen aus dem Karton mit dem Rosenmotiv.

Es muss das Herz bei jedem Lebensrufe
Bereit zum Abschied sein und Neubeginne,
Um sich in Tapferkeit und ohne Trauern
In andre, neue Bindungen zu geben.

Wie recht er hatte. Jedes Mal, wenn Pat die Zeilen des Gedichtes ›Stufen‹ las, wurde ihr leichter ums Herz. Heute allerdings besonders. Nachdem Patrick gegangen war, hatte sie mehrere Stunden lang das Haus aufgeräumt, Wäsche gewaschen, das Bett frisch bezogen und sogar etwas gegessen. Und ja, sie hatte ihre Medikamente genommen. Allerdings nur jene, die ihre Psyche stabil hielten.

Nein, es würde kein Happy End für sie geben. Jedenfalls nicht heute. Patrick war in sein altes Leben zurückgekehrt. Vielleicht waren Linda und Lea für ihn das, was für Pat diese beschissenen Pillen waren: Stabilität. Und vielleicht würde Patrick sogar recht behalten, dass sie – anders als er – gegen ihre Dämonen kämpfen würde. Es wäre ein einsamer Kampf. Niemand könnte ihr dabei helfen. Es waren schließlich ihre Geister der Vergangenheit, doch jetzt war sie bereit, sich ihnen zu stellen.

Eine Woche würde ihr hier im Nirgendwo noch bleiben, um Pläne zu schmieden, wie es vor nicht allzu langer Zeit andere für sie vorgesehen hatten. Doch jetzt würden diese Pläne ihre sein. Nicht die ihrer Mutter, ihres Agenten oder ihres Bruders. Sie ganz allein würde diesen Weg gehen, der ihre Vergangenheit mit der Zukunft verband.

Wie jede Blüte welkt und jede Jugend
Dem Alter weicht, blüht jede Lebensstufe,
Blüht jede Weisheit auch und jede Tugend
Zu ihrer Zeit und darf nicht ewig dauern.

Fast ehrfurchtsvoll strich Pat über das Blatt Papier mit der schönen Handschrift ihres Bruders. Feinsäuberlich hatte er damals Zeile für Zeile abgeschrieben. Wie blind musste ihre Mutter gewesen sein, dass sie nicht mitbekam, was so offensichtlich war. Welcher heterosexuelle Mann war im Alter von achtzehn ein ausgesprochener Fan von Hesse, Nietzsche und Oscar Wilde? Okay, die Schwermut lag offensichtlich in der Familie, wenngleich ihre Mutter davon nichts wissen wollte. Natürlich nicht! Im Grunde tat sie Pat leid. Diese Frau, die immer nur danach strebte, normal zu sein. Wie naiv ihre Mutter doch war. Sie stand ganz oben auf Pats To-do-Liste, zu der sie nun den Brief mit dem Gedicht legte.

Lächelnd sah sie aus dem Fenster. Irgendwo hatte sie einmal gelesen, dass man Frieden nur in sich selbst finden könne. Damals hatte sie es für eine triviale Floskel gehalten, für einen abgedroschenen Spruch. Doch die kleine Flamme in ihr hatte darauf bestanden, dass es gerade diese banalen Sprüche waren, in denen so viel Wahrheit steckte. Pat fühlte nichts Unrechtes dabei. Und zum ersten Mal spürte sie tatsächlich Dankbarkeit für dieses Leben, das sie fortan nicht mehr hassen wollte.

Ob ihr das gelang?

Sie musste es versuchen. Denn wer außer ihr war verantwortlich für dieses Leben? War es möglich, dass sie das Glück fand, wenn sie lernte, sich selbst zu lieben? Würde sie eines Tages Frieden finden oder schon bald in die vertraute Dunkelheit abdriften? Im Kampf gegen sich selbst gescheitert? Wer konnte schon in die Zukunft blicken? Zu viele hatten an ihr herumgezerrt, bis sie nicht mehr wusste, wer sie war. Deshalb wurde es Zeit, dass sie diesen Job übernahm und lernte, sich so anzunehmen, wie sie war – mit all ihren Fehlern. Und dann – mit etwas Glück – könnte sie vielleicht sogar die Liebe annehmen, die ihr entgegengebracht wurde.

Der einzige Mensch, den du lieben musst, bist du selbst.

Damit würde sie beginnen.

Irgendwie.

Ihr Plan stand noch auf wackligen Füßen. Die nächsten Tage würde sie dazu nutzen, ihre To-do-Liste zu vervollständigen, sich einige Ratgeber als E-Book herunterladen sowie weitere Videos bei YouTube ansehen, in denen Frauen mit bipolarer Störung über ihre Krankheit sprachen und auch jene, die als Kind missbraucht wurden.

Pat wusste nicht, ob es irgendetwas bringen würde, wenn sie sich nun offensiv mit ihrer Krankheit, ihrer Situation, ihren Ängsten auseinandersetzte. Sie wusste nur, dass sie sich besser fühlte, denn es war das genaue Gegenteil von dem, was sie bisher getan hatte.

Die Zeit der Defensive gehörte der Vergangenheit an. Sie war kein Opfer. Und deshalb konnte sie mehr tun, als zu jammern, zu verdrängen, sich zu verkriechen wie ein verletztes Tier. Vielleicht war sie tatsächlich stärker als dieser wunderschöne Mann, der gerade in den dunkelblauen Kleinbus stieg und ihr zuwinkte.

Pat trat auf die Terrasse. Lächelnd hob sie die Hand und winkte zurück. Ihr Haar wehte im Sonnenlicht. Der Frühling hatte Einzug gehalten. Zu ihren Füßen lag ein weiteres Bild von Lea. In knallbunten Buchstaben stand inmitten einer wahren Flut roter Herzchen: ›PAT‹.

Wahrscheinlich hatte Lea ihre Mutter um Hilfe gebeten. Sie war doch erst fünf und konnte noch nicht schreiben. Oder war es Patrick gewesen?

Ein Hupen ließ sie aufblicken. Der blaue Kleinbus fuhr an ihrem Ferienhaus vorbei. Das kleine Mädchen drückte die Nase an die Scheibe und lächelte. Pat wedelte mit Leas Bild zum Abschied.

Abschied.

Zum ersten Mal verstand Pat, was in diesem Gedicht von Hermann Hesse stand. Bisher hatte sie es lediglich ergreifend gefunden, doch nun begriff sie, dass in jedem Abschied auch ein Aufbruch und damit ein neuer Anfang steckte.

Eine Chance!

Der Funke in ihr schwoll an zu einer lodernden Flamme. Im selben Augenblick rannte sie los. Barfuß über den Rasen ...

Nein, sie lief nicht weg. Auch das gehörte zur Vergangenheit. Sie lief dem blauen Kleinbus hinterher, einer Zukunft entgegen, in der es um Liebe ging, um Wahrhaftigkeit.

»Warte!«, rief sie in den aufgewirbelten Staub und rannte weiter. Ihr Herz klopfte bis zum Hals, als der Wagen hielt.

Was machte sie da? Der altbekannte Zweifel gesellte sich zur vertrauten Angst. Aber Angst war nur eine Illusion, Liebe hingegen konnte wahrhaftig sein!

Atemlos kam sie neben dem blauen Kleinbus zum Stehen, riss die Beifahrertür auf und fiel Linda in die Arme. Und noch bevor sie reagieren konnte, brach es aus Pat heraus: »Verzeih mir,

Linda. Verzeih mir, dass ich dachte, du wärst naiv. Verzeih mir, dass ich arrogant und hochnäsig war. Verzeih mir, dass ich dich angelogen habe. Du bist eine ganz wunderbare Frau. Du bist stark. Stärker, als ich jemals sein werde. Und Patrick liebt dich. Auf seine Art. Aber das weißt du. Natürlich weißt du das. Du bist so großartig.«

Schniefend rang Pat nach Luft. Ihr Herz hämmerte ein Stakkato, während Linda sie behutsam von sich schob, um ihr in die Augen zu sehen.

»Wenn du wieder in Berlin bist, dann komm mich in meiner Praxis besuchen. Gemeinsam werden wir einen Weg finden. Bipolar zu sein, ist keine Schande, Pat. Wohl aber, dass du glaubst, dich verstecken zu müssen.«

Pat zuckte zusammen. Sie hatte alles und nichts erwartet, war einfach nur dem Funken in ihrem Herzen gefolgt. Fragend schaute sie zu Patrick, der hinter Linda den Kopf schüttelte. Einem ersten Impuls folgend, dachte Pat, dass er Linda von ihr erzählt hatte. Doch ganz offensichtlich war Linda klug genug, eins und eins zusammenzuzählen.

Natürlich war sie das!

»Pat, kommst du uns besuchen?«, fragte die kleine Lea aus dem Fonds des Busses, in dem so viel Liebe war.

»Ja, Lea. Ich muss noch ein paar Sachen erledigen, dann komme ich euch besuchen. Versprochen.«

Pat zog die Tür auf und drückte das Mädchen an sich. Lea trug ein Hello-Kitty-Shirt. Sie roch nach Gummibärchen und nach Unschuld.

»Warum weinst du, Pat?«

»Weil ich traurig bin und glücklich zugleich.«

»Geht das denn?«

»Natürlich, Lea. Alles ist möglich. Lass dir niemals etwas anderes sagen.«

Pat sah dem Auto nach, das nun um die Ecke bog. Patrick hupte noch einmal.

Patrick.

Er hatte etwas in ihr erregt, bewegt.

Damals unter dem Apfelbaum.

Heute.

Schon immer.

STUFEN

Wie jede Blüte welkt und jede Jugend
Dem Alter weicht, blüht jede Lebensstufe,
Blüht jede Weisheit auch und jede Tugend
Zu ihrer Zeit und darf nicht ewig dauern.
Es muss das Herz bei jedem Lebensrufe
Bereit zum Abschied sein und Neubeginne,
Um sich in Tapferkeit und ohne Trauern
In andre, neue Bindungen zu geben.
Und jedem Anfang wohnt ein Zauber inne,
Der uns beschützt und der uns hilft, zu leben.

Wir sollen heiter Raum um Raum durchschreiten,
An keinem wie an einer Heimat hängen,
Der Weltgeist will nicht fesseln uns und engen,
Er will uns Stuf' um Stufe heben, weiten.
Kaum sind wir heimisch einem Lebenskreise
Und traulich eingewohnt, so droht Erschlaffen,
Nur wer bereit zu Aufbruch ist und Reise,
Mag lähmender Gewöhnung sich entraffen.

Es wird vielleicht auch noch die Todesstunde
Uns neuen Räumen jung entgegen senden,
Des Lebens Ruf an uns wird niemals enden ...
Wohlan denn, Herz, nimm Abschied und gesunde!

Hermann Hesse

NACHWORT

Nun, ich hoffe, euch hat meine kleine Geschichte gefallen. Wer mir bei Facebook folgt, weiß, dass sie mir im März 2018 in ebenjenem Ferienhaus in Dänemark eingefallen ist. Oder nein, PSYCHOPAT hat sich quasi des Nachts in meine Gedanken geschlichen – wie die Ängste, welche uns manchmal überkommen. Vielleicht nicht in dem bipolaren Ausmaß, wie meine Pat sie empfindet, doch letztlich hat doch irgendwie jeder von uns sein Päckchen zu tragen. Deshalb wollte ich darüber schreiben, was unbewältigte Vergangenheit bewirken kann und wie es ist, sich seinen Ängsten zu stellen.

Und genau aus diesem Grund hat dieses Buch auch kein Happy End – jedenfalls kein klassisches. Ich weiß, dass viele Leserinnen sich ein solches wünschen. Aber wer bekommt schon das, was er sich erhofft? Das Leben ist nicht Hollywood, es kann nur so happy sein, wie wir es zulassen.

Inspiriert wurde ich übrigens von meiner mittlerweile guten Freundin und Autorenkollegin J.M. Cornerman. Zwei Wochen vor meinem Ausflug in die dänische Einöde tauschten wir uns am Rande der Leipziger Buchmesse darüber aus, wie es denn wäre, etwas Neues auszuprobieren, über etwas zu schreiben, das uns am Herzen liegt. J.M. Cornerman veröffentlichte im Mai 2018 ihr Seelenbuch ›LASHES – Nur einen Wimpernschlag von dir entfernt‹, jetzt folgt meins.

Danke, Jay. Ick liebe dir! Wir sehen uns zur BuchBerlin im November und bei den Winter-Wonder-Words im Dezember.

Und noch eine weitere großartige Kollegin und Freundin motivierte mich, dieses Buch zu schreiben. Seit meine ›ROSE VON BITTERFELD‹ das Licht der Buchwelt erblickte, liegt mir die wunderbare Marion Krafzik in den Ohren, mehr zu schreiben. Ich tue es! Danke für deine Motivation, deine dramaturgische Beratung und deinen Glauben an mich. Ich freue mich schon auf deinen nächsten Thriller, der hoffentlich genauso toll wird wie ›Ohne jeden Skrupel‹ oder ›Das Kreischen der Möwen‹.

Ein weiteres dickes Dankeschön geht an meinen Verleger und Auftraggeber Michael Merhi für die Mitwirkung an der Veröffentlichung von PSYCHO-PAT – auch wenn dieses Buch nicht im Verlagsprogramm von REDRUM BOOKS erschienen ist. Danke für dein Verständnis, dein Know-how und deine Freundschaft. Du bist und bleibst ein Tausendsassa!

Darüber hinaus danke ich Valeska Réon für ihre spontane Zusage während ihrer Lesung von ›Vererbte Lügen‹. Danke für das Lektorat, meine Liebe. Du weißt ja: Die Welt wartet auf uns!

Nicht unerwähnt sollte Silvia Vogt bleiben. Deine Argusaugen retten mir den Popo! Danke für das finale Korrektorat, ich werde mich gebührend revanchieren.

Und last but not least geht mein Dank selbstverständlich an all meine Leser, Gutfinder, Weitersager, an Yvonne, Isi, Saskia für eure stetigen Herzchen und Däumchen, an Susi, Dana, Steffy, Ramona und die vielen fleißigen Blogger, an Antje für das Merchandising, an Luna für den Support.

Danke an meinen Mann und meinen Sohn, die mich einfach mal machen lassen. Danke an meine Mutter, die mir beibrachte, dass mir niemand vorschreiben darf, wie ich zu leben habe.

In diesem Sinne:

Don't fucking tell me what to do!

Alles ist möglich.

Lass dir niemals etwas anderes sagen.

Eure Mari März, im August 2018

BONUS

MAD-X-MAS

MISS!VERSTÄNDNIS

MARI MÄRZ

MAD-X-MAS
Kurzgeschichte aus der REDRUM-Edition
BAD X-MAS Christbaumstorys
1.Auflage
(Deutsche Erstausgabe)

Verleger: Michael Merhi
Lektorat: Claire Bué

www.redrum-books.com
www.mari-märz.de

Youtube: Michael Merhi Books
Facebook-Seite: MARI MÄRZ
Facebook-Gruppe:
REDRUM BOOKS - Nichts für Pussys!

MAD-X-MAS

»Warum sind Sie hier?«

»Wie meinen Sie das? Sie wissen doch, warum ich hier bin.«

»Ja, natürlich. Aber Sie hätten nach Hause fahren können, zu Ihrer Familie.«

»Warum?«

»Heute ist Heiligabend.«

»Na und?«

»Was halten Sie von Weihnachten?«

»Wie?«

»Nun, an Ihrer Körperspannung erkenne ich, dass Sie scheinbar vom Fest der Liebe nicht besonders viel halten.«

»Gut erkannt, Herr Psychologe. Und, was sagt Ihnen das jetzt?«

»Dass Sie einsam sind?«

»Nur weil ich keine Lust auf dieses verlogene Happening habe?«

»Warum verlogen?«

»Hey, ich muss Ihnen jetzt nicht erklären, was die halbe Welt längst durchgekaut hat. Eigentlich bin ich froh, dass ich hier bin. Weit weg. Endlich habe ich Zeit für mich. Keine Feiertage. Keine Geschenke. Kein Gänsebraten. Kein Stress. Keine ›Oh, du fröhliche ...‹ und kein in Marmor gehauenes Lächeln. Nichts ist aufgesetzt. Nichts glitzert. Nichts ist gelogen. Freiheit!«

»Ihnen ist schon aufgefallen, dass hier quasi Gitter vor den Fenstern sind?«

»Selbstverständlich. Aber wissen Sie, diese Gitter funktionieren in beide Richtungen. Es ist nicht so, dass ich mich hier eingesperrt fühle.«

»Sondern?«

»Ich fühle mich tatsächlich frei. Frei von Verantwortung. Frei von Verpflichtungen. Frei von Schuldgefühlen.«

»Das ist interessant. Die meisten meiner Patienten empfinden das Gegenteil, was auch ...«

»... was? Normal wäre? Wir sind in einer Nervenklinik! Was soll hier bitte normal sein?«

»Da gebe ich Ihnen recht. Vielleicht können Sie sich später mit einigen Gästen unterhalten. Vielleicht finden Sie Gemeinsamkeiten. Da wäre beispielsweise diese Schauspielerin ...«

»Was soll das?«

»Nun, heute ist Heiligabend! Da sollte niemand allein sein. Deshalb findet um sechs ein Weihnachtsessen statt und danach gibt es Weihnachts...«

»Hören Sie mir überhaupt zu, Doc? Sagte ich nicht gerade, dass ich Weihnachten hasse? In Worten: HASSE?!«

»Ja, das sagten Sie. Warum erzählen Sie mir nicht mehr über die Hintergründe, warum Sie Weihnachten so hassen und weshalb Sie diese Kinder auf dem Weihnachtsmarkt ...«

»Warum können Sie mir nicht ein paar Pillen geben und mich einfach in Ruhe lassen. Es ist ja nicht so, dass ich tatsächlich verrückt wäre. Nur weil ich ein paar Mal ausgeflippt bin und von der Polizei ... Warum müsst ihr Seelenklempner eigentlich immer in allem einen Grund suchen? Weshalb ist es nicht möglich, dass man etwas einfach nur so hasst? Gut, in meinem Fall ist das ziemlich viel. Ich hasse schließlich nicht nur Weihnachten, sondern alle Jubelfeste, alle Menschen und insbesondere Kinder.«

»Warum?«

»Warum, warum? Ist das denn wirklich wichtig? Ich mag auch kein Porree. Bin ich deshalb etwa traumatisiert? Wieso können wir Menschen die Dinge nicht einfach so hinnehmen, wie sie sind? Weshalb zum Geier muss es für alles einen tieferen Sinn geben? Wenn ich etwas oder jemanden liebe, fragt schließlich auch keine Sau nach dem Grund. Das Positive wird immer hübsch hingenommen. Ist man brav in der Schule, kommt niemand auf die Idee, den Eltern einen Hausbesuch abzustatten und nachzufragen, wie es wohl dazu gekommen ist, dass dieses Kind so außerordentlich artig ist. Artig! Was bedeutet das eigentlich? ARTig! Artgerecht? Der Norm entsprechend? Massentauglich? Klappe halten, immer brav lächeln und bloß nicht anecken, eine eigene Meinung vertreten, Persönlichkeit besitzen … UNARTig sein?!«

»Gut, da ist was dran.«

»Natürlich! Ich wurde nicht misshandelt, nicht missbraucht – ich wurde nur mit einem ausgeprägten Hang zur Selbstreflexion gesegnet, die mir im jungen Alter von elf Jahren die Erkenntnis bescherte, dass der Mensch – jeder Mensch – ein egoistisches Arschloch ist. Der eine mehr, der andere weniger. Aber insgesamt ist die Sache mit der Nächstenliebe und Jesus mit seiner Dornenkrone nur ein beschissenes Märchen. Genauso wie der Weihnachtsmann und diese bescheuerte Marotte, Kinder mit dem Prinzip ›Zuckerbrot und Peitsche‹ zu erziehen.

»Aha. Da kommen wir der Sache schon näher. Erklären Sie mir, was Sie dazu bewogen hat, an jenem Abend so ... nun ... aggressiv zu reagieren?«

»Hm ... lassen Sie mich überlegen ... ich weiß noch, dass ich mich kurz vor diesem vermaledeiten Besuch auf dem Weihnachtsmarkt solchen Gedanken hingegeben hatte. Bei einem Glas Rotwein. Allein. Auf meinem Sofa. Es ging mir gut. Ich bin gern allein. Und ich philosophiere gern vor mich hin. Das tat ich schon immer. Vielleicht schrieb ich deshalb so erfolgreich einen Ratgeber nach dem anderen. Fakt ist, dass damit jetzt Schluss ist. Also mit den Ratgebern. Vorerst jedenfalls. Das vergangene Jahr war ... ja, sagen wir mal ... zu turbulent, als dass ich für meinen Verlag als Vorzeigeautorin noch tragbar wäre. Und alles endete auf diesem Weihnachtsmarkt, als mir die

Sicherungen durchbrannten, weil mich diese beschissene Besinnlichkeit zu Weihnachten schlichtweg wahnsinnig macht.«

»Und deshalb sind Sie hier, oder?«

»Nein! Ich bin hier, weil mein Verlag mir sonst den Vertrag kündigt. Das ist ein Unterschied. Ich selbst wäre wohl nie freiwillig gekommen.«

»Aber jetzt sind Sie froh, dass Sie hier sind?«

»Ja, irgendwie schon. Deshalb muss ich aber noch längst nicht gewillt sein, mit Ihnen über meine verdammte Kindheit zu reden.«

»Wer sagt das?«

»Ach, kommen Sie, Doc! Das ist doch landläufig bekannt, dass Psychologen immer in die Kindheit ihrer Patienten dringen wollen und so tief bohren, bis sie knietief im Sumpf des Terrors waten, den man Erziehung nennt.«

»Ja, ich gebe zu, dass ich gern mit Ihnen über Ihre Kindheit sprechen und herausfinden möchte, weshalb Sie so wütend sind. Das wissen Sie. Leider haben Sie sich bisher gesperrt und ich hatte gehofft, dass …«

»Was? Dass mir ein bunt geschmückter Tannenbaum, ein bisschen Kerzenschein und ›Jingle

Bells‹ das Herz öffnen und meinen Verstand ausschalten – so wie bei den Millionen Irren da draußen, die wahrscheinlich jetzt noch durch die Einkaufspassagen rennen und krampfhaft die letzten Geschenke zusammensuchen? Nein! Da regt sich bei mir nichts. Im Gegenteil! Es macht mich wütend, wenn die halbe Welt auf Kommando so etwas wie Glückseligkeit empfindet, nur weil bekiffte Studenten in roten Mänteln Glühwein ausschenken und den Kindern mit dieser beschissenen Rute Angst gemacht wird. Jaaa, das macht mich in der Tat sehr wütend!«

»Warum macht Sie das wütend?«

»Sie hören echt nicht zu, oder? Kann ich jetzt gehen?«

»Nein. Bitte! Unsere Zeit ist noch nicht um.«

»Das ist der Deal, stimmt's?«

»Ja, das ist der Deal.«

»Verdammt. Okay, Sie haben mich. Solange mir der Verlag nicht den Vertrag kündigt und diese Luxusklapsmühle hier bezahlt, soll es mir recht sein. Was wollen Sie wissen?«

»Ich möchte gern wissen, warum Sie auf diesem Weihnachtsmarkt den Mann zusammengeschlagen und sich dann auf die Bühne gestellt haben, um den Kindern zu erklären, dass ihre Eltern sie belügen. Was war der Grund?«

»Ich hielt es für eine gute Idee.«

»Nein, so leicht kommen Sie mir nicht davon. Erzählen Sie mir die ganze Geschichte. Weshalb waren Sie auf diesem Weihnachtsmarkt, wenn Sie doch Weihnachten ... ich zitiere ... HASSEN?«

»Also schön, dann hübsch der Reihe nach. Machen Sie es sich bequem, es könnte etwas länger dauern ...«

Ich bin jedes Jahr am ersten Advent auf diesem Weihnachtsmarkt. Immer pünktlich und niemals freiwillig. Es ist der ausdrückliche Wunsch meiner Schwester. Maja. Das fleißige Bienchen! Nach der Scheidung unserer Eltern musste ich ihr versprechen, dass wir uns jedes Jahr am ersten Advent auf diesem beschissenen Weihnachtsmarkt treffen. In Peitz. Der Weltstadt Peitz. Wissen Sie, wie verdammt weit das von Berlin ist? Aber ich tue Maja den Gefallen. Jedes verdammte Jahr! Ich fahre zwei Stunden in dieses Rattennest, das früher mein Zuhause war, und ertrage die vielen superglücklichen Menschen. Haben Sie eine Ahnung, wie anstrengend das ist? Diese Unmengen an negativen Schwingungen, die verzweifelt ignoriert, sabotiert werden? Sie spüren das vielleicht nicht, ich schon. Ich sauge sie auf wie ein Schwamm und warte nervös darauf, dass irgendjemand explodiert. Meistens bin ich es.

Aber gut! Meine Schwester besteht also darauf, dass wir mindestens eine Stunde im Jahr auf dem verdammten Weihnachtsmarkt verbringen. Sie nennt das ›in Stimmung kommen‹. Für mich ist es die reinste Tortur. Zum Glück haben wir uns auf einen Weihnachtsmarkt geeinigt, der ein Stück weiter draußen liegt und tatsächlich noch so etwas wie Tradition verspricht. Also keine Kirmes, keine Karussells statt Lebkuchen, keine Schießbuden statt Zuckerstangen … kein DJ Bobo statt ›Es ist ein Ros' entsprungen‹. Das war meine Bedingung. Wenn schon Weihnachten, dann bitte auch so ursprünglich wie möglich. Sofern das überhaupt geht, denn strenggenommen haben die Christen Weihnachten nicht erfunden, auch wenn sie das die Welt glauben machen wollen. Seit über zweitausend Jahren! Aber egal. Ich rannte also im Nieselregen durch das Lichtermeer, um auch ja pünktlich zu sein … wobei *rennen* nicht ganz richtig ist. Ich schlich! Hinter zwei jungen Müttern, die in aller Seelenruhe ihre plärrenden Gören vor sich herschoben. Als wenn ein drei Monate altes Baby tatsächlich Spaß an einem Besuch auf dem Weihnachtsmarkt entwickeln würde. Na ja, mir blieb nichts anderes übrig, als auf meinem Weg zum Glühweinstand die beiden jungen Mütter zu beobachten, die vor mir ihre Kinderwagen durch die wabernde Menschenmasse bugsierten und alles andere als glücklich aussahen. Niemand machte ihnen Platz. Ganz im Gegenteil! Einige Idioten blieben stehen und wollten mit ihren Dreckpfoten die Babys tätscheln. Fremde! Verstehen Sie? Natürlich plärrten die Gören … inmitten des Lärms, der vielen Menschen und Gerüche. Stellen Sie sich vor, Sie schlafen in Ihrer Komfortzone ein und wachen im Chaos auf. Da würde jeder brüllen. Und die jungen Mütter? Die jungen Frauen verströmten eine verspannte Fröhlichkeit, die gemeinsam mit dem

Quarkbällchenaroma zum Himmel stank. Höchstwahrscheinlich träumten die beiden insgeheim davon, wenigstens für eine Stunde dem eindimensionalen Schlachtfeld zwischen vollgeschissenen Windeln und Babykotze zu entfliehen, mal wieder richtig Party zu machen und ihren Frust mit ein paar Tassen Glühwein hinunterzuspülen. Selber schuld!

Ich genehmigte mir einen Glühwein. Dann noch einen. Und noch einen … Und während ich das Glühweinsortiment am Fuße der Peitzer Festung durchprobierte, meldete sich endlich meine Schwester. Es brummte in meiner Jackentasche. Mit einer prähistorischen SMS erklärte sie mir in knappen Worten, dass sie sich verspäten würde, weil ihr missratener Sohn Justin sich spontan den Magen verdorben hätte und ihr bescheuerter Ehemann Andreas erst gegen fünf zu Hause wäre. Wahrscheinlich hatte mein adipöser Neffe mal wieder zu viele Chips vor der Playstation gefuttert und mein Schwager … ach, egal. Ich war beim Heidelbeerglühwein angekommen und beobachtete das Treiben vor und hinter einer kleinen Bühne, auf der wohl gleich der Weihnachtsmann höchstpersönlich erscheinen sollte. Jedenfalls wenn man dem Schild Glauben schenken durfte, das am Eingang frohlockte. Diverse Kinder hatten sich auf den Holzbänken vor der Bühne versammelt, knabberten an süßem Zuckerkram ... Ja, das ist in Brandenburg den Jüngsten noch gestattet. In Berlin Prenzlauer-Berg ist das ganz gewiss anders. Im berühmten Hauptstadtbezirk mit der höchsten Migrationsrate nagen die armen Kinder, deren Eltern ursprünglich aus Hamburg, Dortmund, Leipzig, Köln, München, Dresden oder Stuttgart geflüchtet sind, ganz sicher an einer Bio-Möhre oder einem Tofu-Cracker.

Aber bleiben wir bei den jüngsten Vertretern der digitalen Gesellschaft und in der Lausitz, wo noch so manches analog ist. Hier dürfen sich Kinder noch schmutzig machen, mit richtigem Sand spielen und an den Weihnachtsmann glauben. Damit hätte ich an sich auch kein Problem, wenn da nicht diese hysterische Mutter plötzlich laut geworden wäre und ihrem etwa fünfjährigen Sohn erklärt hätte, dass der Nikolaus mit der großen Rute käme, sollte sich Kevin nicht sofort auf seine vier Buchstaben setzen. Was diese Mütter aus dem heiligen Nikolaus machen, war mir schon immer ein Rätsel. Und wenn die besorgten Wutbürger wüssten, dass ihr pädagogischer Prügelknabe mit dem roten Mantel aus der heutigen Türkei stammt und sie quasi ihre deutschen Kinder mithilfe eines ›Kanaken‹ erziehen ... nun ...

Ich genehmigte mir den vierten Glühwein und fand es langsam nicht mehr so tragisch, dass meine Schwester sich verspätete. Mir war nicht mehr kalt, das Weihnachtsgedudel um mich herum blendete ich aus und konzentrierte mich dafür auf einen Kerl, der neben der Bühne gerade einen weißen Rauschebart über sein schlechtgelauntes Gesicht stülpte, gierig an einer Zigarette zog und sich dann einen ordentlichen Schluck aus einem Flachmann gönnte, den er jetzt in der Tasche seines roten Mantels versteckte. Meine Neugier war geweckt. Selbst der kleine Kevin wurde zur Nebensache, der seine Mutter immer noch damit nervte, hyperaktiv auf der Holzbank und über die anderen Kinder zu klettern. Ich kippte meinen Glühwein hinunter und schlenderte unauffällig in die Nähe des hinteren Bühneneingangs, um mir den versoffenen Weihnachtsmann genauer zu betrachten. Dieser nippte schon wieder an seinem Flachmann und brummte zu seiner glitzernden Begleitung: »Hey, Babe. Setzt du dich nachher auf meinen Schoß und massierst meine Rute?« Die glitzernde Dame im silbernen Paillettenkleid, etwa sechzehn Jahre jung, klimperte kokett mit ihren angeklebten Wimpern, warf eine Strähne ihrer goldenen Perücke mit dem Heiligenschein über die Schulter und raunte: »Schätzchen, ich bin das Christkind und nicht Mutter Teresa. Und hör auf zu saufen, du jämmerlicher Hurenbock! Wir haben hier einen Job zu erledigen.«

Das einzige, was ich gerade bereute, war die Tatsache, dass ich kein Popcorn dabeihatte. Interessanter hätte ein Kinoabend wohl nicht sein können. Ich schlich mich noch ein Stück näher heran und verschmolz in meinem schwarzen Outfit quasi mit dem Schatten, den die Quarkbällchenbude hinter mir warf. Der falsche Knecht Ruprecht genehmigte sich einen weiteren Schluck aus der Pulle, rülpste und kniff dem Christkind in den Hintern, das sich mit einer Ohrfeige revanchierte, die leider im weißen Rauschebart verpuffte. Die Kleine im Paillettenkleid gefiel mir. Grinsend beobachtete ich, wie sie ein Glöckchen aus ihrem Rucksack kramte und klingelnd auf die Bühne ging. Dort beschallten im selben Augenblick vier massive Lautsprecher die wartende Meute mit ›Ihr Kinderlein, kommet‹, die nun mucksmäuschenstill auf ihren Holzbänken saßen. Selbst Kevin hatte es endlich geschafft, neben seiner Mutter Platz zu nehmen. Auch wenn er nicht auf, sondern unter der Bank hockte. Dort knabberte er nervös an seinem Daumennagel und wurde ganz offensichtlich von einem schlechten Gewissen getrieben. Ich schaute über die zehn Bankreihen. Nicht nur Kevin hatte die Hosen voll. Während das Glitzergirl auf der Bühne »Na, wart ihr auch alle schön artig?« rief und in der ersten Reihe die Streberinnen äußerst artig ihre kleinen Finger in die Höhe streckten, machte sich weiter hinten die nackte Angst breit.

Hinter der Bühne war ein Poltern zu hören. Dann verstummte die fröhliche Weihnachtsmusik. Weitere Kinder verschwanden unter den Bänken und klammerten sich hilfesuchend an die nassen Stiefel ihrer Mütter. Ein zweites Poltern ließ sogar die Streberinnen in der ersten Reihe zusammenzucken. Dann torkelte der falsche Weihnachtsmann ins Rampenlicht und blieb mit seinem roten Mantel an einem der Lautsprecher hängen. Ein fieses Rückkopplungsgeräusch zerschnitt die angespannte Stille. Selbst das Gedudel am Glühweinstand war verstummt, genauso wie die Kakofonie des bunten Treibens auf dem Weihnachtsmarkt. Das Christkind glitzerte im Strahl des Scheinwerfers, räusperte sich verlegen und starrte – genau wie ich und die versammelte Schar vor der Bühne – gebannt auf den schwankenden Santa Claus, der jetzt ins Mikro lallte: »Ho ho ho. Aus'm Walde, da komm ick her … Fuck!«

Er zerrte an seinem Mantel, der immer noch mit dem Lautsprecher verhakt war. Der Stoff gab nach und die aufgenähte Tasche riss der Länge nach auf. Sein Flachmann knallte auf den Boden und schlitterte bis an den Bühnenrand. Kevin lugte aus seinem Versteck und haderte ganz offensichtlich mit dem Gedanken, nach vorn zu stürmen und die glänzende Flasche an sich zu nehmen. Doch bevor der Bengel eine Entscheidung treffen konnte, verschwand er auch schon wieder unter dem Mantel seiner Mutter, denn

Knecht Ruprecht röhrte ins Mikro: »Hey, ihr Hosenscheißer! Wart ihr auch alle artig?«

Die Hosenscheißer hielten sich ängstlich die Hände vor ihre Gesichter. Zuckerwatte, Waffeln, Quarkbällchen und gebrannte Mandeln waren vergessen. Und ich konnte förmlich sehen, wie es in den kleinen Köpfen ratterte. Selbst die Streberinnen in der ersten Reihe schienen zu überlegen, für welche Missetaten der Weihnachtsmann sie bestrafen könnte. Von Kevin fehlte jede Spur.

Und mir reichte es jetzt. Beim Anblick des versoffenen Kerls auf der Bühne, der gerade dabei war, das Christkind zu betatschen und wirres Zeuge lallte, platzte mir der Kragen. Mit angeschwollener Halsschlagader marschierte ich die paar Schritte bis zum Bühneneingang, schob einen jungen Mann beiseite, der mich wohl aufhalten wollte, und stürmte auf die Bühne. Wütend schnappte ich mir sowohl das Mikrofon als auch den falschen Weihnachtsmann, der trotz seines Alkoholpegels nicht gerade begeistert war. »Hey, wer bist'n du? Willste auf mein' Schoß?«

Ohne weiter darüber nachzudenken, was ich tat, schubste ich den widerlichen Kerl beiseite. Er verlor das Gleichgewicht und fiel der Länge nach hin. Das Christkind eilte an meine Seite und schaute mich fragend an, als könne ich ihr helfen. Nun, ich tat es und zerrte den besoffenen Santa Claus hoch. Der brabbelte wirres Zeug und suchte am Glitzerkleid des Christkindes Halt. Die Kleine heulte und versuchte, sich aus dem Griff des Kerls zu befreien, der rülpsend schwankte und schließlich uns beide mit sich auf jene Bretter riss, die eigentlich die Welt bedeuten. An Stars und Sternchen dachte ich tatsächlich, denn mein Kopf schlug hart auf den Boden. Neben mir lag das heulende Christkind mit zerzauster Perücke. Nur der Weihnachtsmann war schon wieder auf den Beinen und dabei, seinen Flachmann einzusammeln. Als ich sah, wie er sich nach der Flasche bückte, sprang ich auf und beförderte den lallenden Vollidioten mit einem kräftigen Tritt von der Bühne.

Keuchend stand ich im Rampenlicht und schaute in die entsetzten Augen des Christkinds, dessen Heiligenschein im Tumult zerknickt war. Aus dem Dunkel vor mir drang gedämpftes Schluchzen, irgendwo heulte ein Junge. Kevin?

Mein rasender Puls hämmerte ein Stakkato durch meine Ohren. Ich atmete tief durch und gab mir wirklich alle Mühe, meine Wut zu zügeln. Am liebsten hätte ich den Eltern entgegengebrüllt: *Ein versoffener Wichser, der viel lieber diesen Teenager im Christkindkostüm vögeln will, stellt sich wie Gott auf die Bühne und fragt eure völlig verängstigen Gören, ob sie artig waren? Ist das der Geist der Weihnacht? Ist DAS eure Vorstellung von Erziehung?*

Doch ich würgte meinen Zorn hinunter. Ich ignorierte das Pochen in meinem Schädel, das Summen meines Handys und sogar den pöbelnden Idioten in seinem roten Mantel, der gerade von ein paar Männern umringt und daran gehindert wurde, auf die Bühne oder gar auf mich zu stürzen. Ich tastete nach der Platzwunde an meinem Hinterkopf, spannte meine Finger um den Griff des Mikrofons und überlegte fieberhaft, wie ich diese miese Situation meistern könnte. Ein kleines Mädchen aus der Streberreihe stand langsam auf und legte schüchtern ein Päckchen Papiertaschentücher auf den Bühnenrand. Dann kramte die Kleine in der Tasche ihres rosa Plüschmantels und beförderte einen Bonbon zutage, den sie zu den Taschentüchern schob. Ein zögerliches Lächeln entstand auf ihrem Gesicht. Und dann wusste ich, was ich sagen würde. Denn obwohl ich keine Kinder mag, taten mir die winzigen Wesen leid. Ich lächelte das Mädchen an, das sich nun erschrocken zurück auf ihren Platz setzte, und sagte:

»Eure Eltern sollten sich schämen, euch so zu belügen. Sie haben Knecht Ruprecht nur erfunden. Den Mann mit der Rute gibt es nicht! Ihr müsst keine Angst haben vor dem Weihnachtsmann. Wer immer da am 24. Dezember in euer Wohnzimmer kommt, reißt ihm den Bart herunter! Ihr werdet sehen, dass alles nur ein verlogenes Schauspiel ist, um euch einzuschüchtern. Hört nicht auf die Lügengeschichten eurer Eltern, ihr müsst nicht ...«

»Hey, was soll das? Hören Sie auf damit!«, schrie eine Frau. Im grellen Scheinwerferlicht konnte ich kaum etwas von dem erkennen, was vor der Bühne geschah, doch ich hätte schwören können, dass es Kevins Mutter war, die dort unten keifte und sich energisch ihren Weg durch die

Bankreihen bahnte. »Erzählen Sie unseren Kindern nicht solchen Mist! Was machen Sie überhaupt da oben? Gehören Sie zur Show?«

Das Summen meines Handys trug nicht gerade dazu bei, mich zu konzentrieren. Ich ignorierte es weiterhin, genau wie das lauter werdende Murmeln der aufgebrachten Eltern vor mir, bückte mich, zupfte ein Taschentuch aus der Packung und tupfte über die blutende Platzwunde an meinem Kopf. Dann stand plötzlich der kleine Kevin vor der Bühne und starrte mich aus großen Augen an. Ich versuchte ein Lächeln, beugte mich vor und schenkte ihm den Bonbon des Mädchens. Mit strahlendem Gesicht griff er danach und fragte: »Gibt es den Weihnachtsmann wirklich nicht? Warum belügt mich meine Mama?«

Bevor ich Kevin erklären konnte, warum seine Mutter ihn anlügt, war diese auch schon hinter ihm und zerrte den Bengel aus meinem Blickfeld. Nun, den Rest kennen Sie aus den Akten. Meine Schwester kam und hielt mir eine Moralpredigt, und auf der Polizeiwache erzählte ich meine Geschichte, die im Grunde niemand hören wollte.

»Interessant«

»Wie? Das ist alles, was Ihnen dazu einfällt?«

»Nun, in den Akten habe ich etwas anderes gelesen. Ihre Geschichte ...«

»Ja, ich kann es mir vorstellen. Dort stand bestimmt, dass ich diejenige war, die die armen Kinder verängstigt hat.«

»So in etwa, ja.«

»Schade! Aber das ist mir nicht neu. Ich kenne das. Die Menschen sahen schon immer nur die Gefahr im Überbringer der Botschaft. Ging doch dem alten Jesus nicht anders.«

»Halten Sie sich denn für einen Messias?«

»Ach, Blödsinn! Ich verkünde keine frohe Botschaft. Sie sehen doch, was passiert? Erst sind die Menschen froh, dass jemand kommt, der sie rettet. Doch irgendwann ist ihnen die Lüge bequemer, der Pöbel jubelt bei der Kreuzigung und heult hinterher. Nee! *Vertrau auf Gott und hilf dir selbst*, lautet mein Credo.«

»Interessant.«

»Jaja, Sie mich auch. Kann ich jetzt gehen?«

»Einen Moment noch. Ich habe hier etwas für Sie.«

»Wie? Ein Weihnachtsgeschenk! Was ist drin?«

»Machen Sie es auf.«

»Nein. Ich habe doch gar nichts für Sie.«

»Ist das IHR Verständnis von Weihnachten?«

»Was?«

»Nur wenn man etwas gibt, darf man auch etwas bekommen?«

»Ja, natürlich. So funktioniert das Leben doch.«

»Wirklich?«

»Sie machen mich wahnsinnig! Ich gehe jetzt.«

»Sehen wir uns heute Abend zum Weihnachtsessen?«

»Habe ich eine Wahl?«

Anmerkung der Autorin:

Die Idee zu dieser Geschichte entstand tatsächlich im Dezember 2016 auf dem wunderschönen Weihnachtsmarkt am Fuße der Peitzer Festung. Selbstverständlich findet sich dort kein versoffener Santa Claus und es kam meines Wissens auch nie zu einem Tumult, wie hier beschrieben. Ihr macht euern Job ganz großartig und der Glühwein schmeckt außerordentlich lecker. In diesem Sinne ... ganz liebe Grüße in die Lausitz.

Von Miss!Verständnis wird es zukünftig noch weitere Kurzgeschichten geben. Allesamt über die durchgeknallte Ratgeber-Autorin und ihre Therapiegespräche in der Nervenklinik.

TRUE DEATH

MARI MÄRZ

TRUE DEATH
Bonus in Wolfgang Brunners »Kinderspiele«
1. Auflage
(Deutsche Erstausgabe)

Verleger: Michael Merhi
Lektorat: Valeska Réon

www.redrum-books.com
www.mari-märz.de

Youtube: Michael Merhi Books
Facebook-Seite: MARI MÄRZ
Facebook-Gruppe:
REDRUM BOOKS - Nichts für Pussys!

TRUE DEATH

Das Leben ist nicht fair, sagen die Leute. Und ich stimme ihnen zu, auch wenn die Dinge in meinem Fall ein bisschen anders liegen. Im Gegensatz zur allgemeinen Nörgelei sind es bei mir nicht die Lehrer, die Eltern, die Politiker, das System, welche Schuld an meinem Schicksal tragen. Es ist das Leben, das eben alles andere als fair ist. Ich vergleiche es gern mit einem kleinen Mädchen. Dieses Leben. Es kann schön sein, hübsch, bunt, vielfältig, glücklich … aber eben auch wankelmütig, zickig, gemein. Eben nicht fair. Ganz anders lob ich mir den Tod. Er ist geradlinig, konsequent, geht keine Kompromisse ein, macht keine Unterschiede zwischen Arm und Reich, Mann und Frau, Schwarz oder Weiß … Egal wie gut oder schlecht, wie klug oder dumm, wie fleißig oder faul wir sind, er wird uns finden – oder wir ihn. Deshalb schätze ich den Tod, er ist mir auf morbide Art sogar sympathisch. Er wird mich nicht enttäuschen. Nein! Er wartet auf mich, auf mich und meinen Sohn.

Ich hatte nicht immer so düstere Gedanken. Auch ich empfand das Leben einst als schön, bunt, vielfältig. Ich war glücklich. Ja, das war ich. Damals, als in meinem Bauch ein Wunder geschah. Das Wunder des Lebens. Während aus einer winzigen Zelle das Ergebnis von Liebe, Vertrauen und Hoffnung wuchs, war ich der glücklichste Mensch der Welt. Ich liebte meinen Mann, unser Haus, meinen Job ... das Leben. Alles war so, wie ich es mir immer erträumt hatte. Bis zu jenem Tag, als alles anders wurde.

Mein Sohn ist jetzt fünf. Elias. Wir haben ihn nach dem Propheten genannt, welcher gegen den sogenannten Baalskult kämpfte. Ein uralter Brauch, dem das Opfern von Kindern nachgesagt wurde. Welch' Ironie! Elias bedeutet zudem ›der Lichtblick‹, im übertragenen Sinne also Hoffnung. Wie viele Nächte habe ich weinend an seinem Bett verbracht und mich an jeden Strohhalm geklammert. Nein! Ich habe keine Kraft mehr für die Hoffnung. Es gibt sie nicht mehr. Nicht für mich und nicht für Elias.

Er ist so schön. Mein Sohn! Als ich das erste Mal seine zarten Fingerchen berühren durfte, konnte ich mein Glück kaum fassen. Ich schmiedete Pläne für ihn – für uns. Wie es jede Mutter tut, die nichts mehr auf der Welt liebt als ihr eigen Fleisch und Blut. Sein wunderbar neugieriges Wesen, das selbst in den banalsten Dingen ein Mysterium entdeckte, das es zu enträtseln galt. Seine Energie, das Leben für sich zu erobern, als gäbe es keine zweite Chance. Seine großen blauen Augen, die mich stets mit so viel Vertrauen ansahen. Und sein kleiner Körper, der nun unschuldig neben mir liegt. Er ist noch warm und atmet. Mein Sohn! Solange mein Freund, der Tod, mir Zeit lässt, werde ich diese Gnadenfrist an der Seite meines Sohnes verbringen. Werde keine Sekunde von ihm weichen. Elias!

Hoffnung habe ich keine mehr. Auch keine Zweifel, ob meine Entscheidung die richtige ist. Ich genieße jeden schwächer werdenden Atemzug meines Sohnes. Er ist ein Lichtblick. Bald hat er es überstanden. Seine Qualen sind bereits vorbei. Schon jetzt muss er keinen Schmerz mehr ertragen. Das Morphium in seinen winzigen Adern sorgt dafür.

Es bleibt wahrscheinlich weniger als eine Stunde und der Tod klopft an meine Tür. Mephistopheles wird dann seinen Teil unseres Paktes einfordern. Und ich werde meine Schuld bezahlen. Das ist fair. Sollen andere von mir denken, was sie wollen. Mein Urteil steht längst fest. Ich habe es selbst gefällt. Denn es steht niemand anderem zu – außer mir. Dies ist kein Fall für die irdische Gerichtsbarkeit. Ich entlasse sie aus dieser Verantwortung. Die Bürde trage ich allein.

Wir waren immer allein. Elias und ich. Die gesamten verfluchten fünf Jahre seines Lebens, die wir in der Dunkelheit verbrachten. In den tausendachthundertsechsundzwanzig Nächten, die nur uns gehörten. Niemand kann sich vorstellen, wie es ist, sein eigenes Kind nicht berühren zu dürfen. Was es aus einem Kind macht, diese kognitive Fähigkeit zwar zu besitzen, aber niemals einsetzen zu können. Wenn wir nachts im Garten spielten, habe ich ihm nicht verboten, auf den Knien im Gras zu sitzen, die Schönheit jener Natur zu spüren, die ihm so unfassbar viel Leid zufügte.

Heute nun verbringen wir unsere letzte Nacht gemeinsam, bevor es für immer dunkel wird. Jedenfalls für mich. Mein Sohn wird nach seinem Tod ins Licht gehen. Davon bin ich überzeugt. Denn er ist das Licht: Elias. Nicht sein geschundener Körper. Nein! Seine wunderschöne Seele. Er wird in vollem Glanz erstrahlen und auskosten, was ihm das Leben vorenthalten hat. Und dann soll er in einem neuen Körper wiedergeboren werden. Vielleicht ist das Leben dann fair zu ihm.

Wie er daliegt. So klein und unschuldig. Er hat doch niemandem etwas getan? Warum wird er so bestraft? Wo ist dieser Gott, an den so viele Menschen glauben? Wo hält er seine schützende Hand über uns? Nein! Gott ist tot! Oder ein echt kranker Wichser! Natürlich habe ich auch die Hilfe im Glauben gesucht, war in vielen Gesprächen mit diversen Pfarrern und Pastoren ... Ich sollte auf Gott vertrauen und mein Schicksal als eine Prüfung ansehen. Gott kann nur ein kranker Wichser sein!

»Mama?« Mein Sohn ist bereit, dem Dreckskerl von einem Schöpfer gegenüberzutreten. Und ich bete ein letztes Mal, dass ihn das Licht findet. Meinen Elias.

»Mami liebt dich!«, sind die letzten Worte an mein Kind. Mein Fleisch und Blut. Mein goldener Schatz. Meine Hoffnung. Dann senke ich die Spritze mit der tödlichen Dosis Morphium in die winzige Vene. Seine Atmung ist nur noch ein sanfter Hauch. Er spürt nichts mehr … ist bereits an der Pforte zum Jenseits. Geh ins Licht, mein Sohn! Finde ein Schicksal, das besser zu dir passt! Tränen laufen mir übers Gesicht, während ich mich zu ihm lege. Wie viele kann ein einziger Mensch wohl vergießen? Sein kleiner Körper fühlt sich wunderbar an. Endlich darf ich ihn so fest umarmen, wie es das Recht einer jeden liebenden Mutter ist. Ich schmiege mich an ihn, genieße seine Wärme und seinen Duft, der mir so vertraut ist. Eine Mischung aus kindlichem Schweiß, Gummibärchen, Wundsalben und Desinfektionsmitteln. Meine Finger gleiten über die unzähligen Pusteln, Rötungen, Hämatome und offenen Stellen … Mein Schmetterling, der nie die Sonne sah.

Anmerkung der Autorin

Für diese kleine melancholische und dennoch an die Substanz gehende Geschichte ›TRUE DEATH‹ ließ ich mich vom Film ›So viele Jahre liebe ich dich‹ mit der wunderbaren Kristin Scott Thomas in der Hauptrolle inspirieren.
Diese Kurzgeschichte ist als Bonus im Roman ›KINDERSPIELE‹ meines geschätzten Kollegen Wolfgang Brunner bei REDRUM BOOKS erschienen.

MEHR VON MARI MÄRZ

MondZauber-Tetralogie

Ein weiblicher Hybrid in der Gestalt eines Wertieres, geboren aus dem Wasser und dem Feuer, soll im Reich der Luft seine Kräfte messen und dem Reich der Erde endlich Frieden bringen. Ihr Schicksal wurde bereits vor langer Zeit besiegelt.

#1 VERWANDLUNG

Lyra wohnt in einer kleinen Stadt am Rande Berlins und führt ein stinknormales Leben. In 191 Tagen ist ihr 18. Geburtstag und schon jetzt ist sie fest davon überzeugt, dass ab diesem Tag alles anders wird.

Aber wie definiert man „anders"?

Seltsame Dinge geschehen, die in Lyra ein Gefühl der Einsamkeit und Angst hinterlassen. Hilflos strebt sie ihrem Schicksal entgegen. Von ihrer Familie kann sie keine Unterstützung erwarten, sie alle sind wahre Meister der Verhüllung. Doch dann trifft Lyra auf magische Wesen, die von stinknormal meilenweit entfernt sind.

#2 VERSUCHUNG

Nach den verstörenden Ereignissen rund um ihren 18. Geburtstag und ihrer missglückten Verwandlung flieht Lyra mit ihrem magischen Freund nach Irland. Dort erfährt sie von einer mystischen Prophezeiung, entwickelt einen übernatürlichen Appetit und lebt nicht ganz ungefährlich mitten in einem Rudel Werwölfe.

Lyras Kräfte sind weit größer, als die magische Welt vermutet hat. Niemand kann einschätzen, wozu dieser weibliche Hybrid fähig ist. Die Versuchung ist groß – vor allem seit Lyras Ankunft in Venedig.

Stellen wir uns dem, was wir sind … in all seiner Schönheit – auch wenn diese dunkel ist wie der sternenlose Himmel einer klaren Neumondnacht.

Teil 2 voraussichtlich im Herbst 2018

KLIPP KLAPP
... und du bist tot!

KLIPP KLAPP ... das Mühlrad dreht sich: eine tote Braut, ein zwielichtiger Bürgermeister, die verhaltensgestörte Sandra und dieser rachsüchtige Unbekannte ... Wer ist A.RASEND? Nach ihrer Strafversetzung stößt die Berliner Kommissarin in der Brandenburger Provinz auf ein grausiges Familiengeheimnis und jede Menge Dreck unter dem Teppich der Vergangenheit. Lisbeth Schwintowsky kämpft gegen längst vergessene Mächte – in einem Sumpf aus Intrigen und düsteren Machenschaften.

Was kann eine menschliche Seele ertragen,
bevor sie zerbricht?

Mari März präsentiert mit »KLIPP KLAPP ... und du bist tot!« einen vielschichtigen Thriller mit Berliner Charme, Regionalkolorit und bittersüßer Gesellschaftskritik. (REDRUM BOOKS, 2017)

Rose von Bitterfeld

Die Idee zu meiner bittersüßen Kurzgeschichte ›Rose von Bitterfeld‹ entstand während der Leipziger Buchmesse 2017. Nur wenige Kilometer vom blankpolierten Glaspalast der Messe entfernt, befindet sich die schmutzigste Mülldeponie des Ostens. Bitterfeld: Eine Stadt, die seit Beginn des 20. Jahrhunderts unter den giftigen Ausdünstungen der Bergbau- und Chemie-Industrie leidet.

Und genau dort – zwischen Schwefel und Schwermetallen – wohnt Mandy. Eine Frau, die aus der Not eine Tugend macht. Ihr Fachgebiet: biologisches Recycling. Laub, Baum- und Strauchschnitt sowie gelegentlich eine Leiche. Das ergibt ganz großartigen Dünger. Wie, glauben Sie nicht? Nun, in jeder Fiktion steckt bekanntlich ein Fünkchen Wahrheit. Lassen Sie sich darauf ein ... und keine Angst, Ihnen passiert nichts.

Mein Lieblingswort ist MENSCH: Pur. Klar. Genderfrei.

Bis bald ...

eure Mari März

38801481R00200

Printed in Poland
by Amazon Fulfillment
Poland Sp. z o.o., Wrocław